자녀를
사랑한다는
아빠의 착각

자녀를 사랑한다는 아빠의 착각
사랑하는 부모와 고통받는 아이에 대하여

초 판 1쇄 2024년 03월 22일

지은이 어성진
펴낸이 류종렬

펴낸곳 미다스북스
본부장 임종익
편집장 이다경
책임진행 김가영, 윤가희, 이예나, 안채원, 김요섭, 임인영, 권유정

등록 2001년 3월 21일 제2001-000040호
주소 서울시 마포구 양화로 133 서교타워 711호
전화 02) 322-7802~3
팩스 02) 6007-1845
블로그 http://blog.naver.com/midasbooks
전자주소 midasbooks@hanmail.net
페이스북 https://www.facebook.com/midasbooks425
인스타그램 https://www.instagram/midasbooks

ⓒ 어성진, 미다스북스 2024, *Printed in Korea*.

ISBN 979-11-6910-559-0 03810

값 18,500원

사랑하는 부모와 고통받는 아이에 대하여

자녀를 사랑한다는 아빠의 착각

어성진 지음

미다스북스

'따뜻한 괴짜'

지난 20년간 어성진 선생님을 가까이 지켜보며 그에게 던지는 저만의 찬사입니다. 그 괴짜는 20대를 거쳐 어느새 세 딸의 아빠이자 특수학교 교사가 되었고, 다양한 삶의 정황 속에서 오랜 시간 숙고했던 질문에 대한 해답을 풀어 놓았습니다. 자녀라는 특별한 존재를 부모에게 종속된 소유물로 설정한 채 부당하게 그들을 통제해 왔던 우리 사회의 오랜 관습에 맞서, 그는 이제 그것이 "틀렸다."라며 물맷돌을 던지기 시작합니다. 사랑이라는 착각 속에 감춰진 강요와 위선을 과감하게 폭로하면서도 그가 가정 안에서 몸소 실천하며 진지한 성찰 가운데 발견한 따뜻한 대안들은 우리 사회에 적잖은 울림을 줄 것이라 생각합니다. 책에 소개된 짧은 이야기들을 자신의 이야기로 정직하게 받아들인 후 습관적으로 내뱉은 "사랑해." 대신 애써 피해 왔던 "미안해."를 조금씩 연습하며 자녀 교육의 행복한 여정에 동참해 봅시다.

박창운 목사

"자녀를 사랑한다는 아빠의 착각"이란 제목을 보았을 때, '회개하는 마음으로 읽어야 하는가?'라는 궁금증이 들었습니다. 하지만 금방 '사랑하는 마음으로 읽어야 하는구나.' 깨달을 수 있었습니다. 이 책은 옅은 미소와 감사를 가지게 하는 책이란 것을 말씀드립니다. 어성진 전도사님은 '신실하다'라는 말이 가장 잘 어울리는 분입니다. 신실하게 가정을 섬기고 교회를 섬기고 하나님 사랑을 가정과 이웃에게 실천하시는 분입니다. 이 책을 읽으며 행복해졌습니다.

여의도순복음강동교회 변성우 담임목사

현재의 가정은 예전보다 더 풍족해졌으나 마음은 가난해졌고, 가족 공동의 가치는 길을 잃었으며, 아이들은 무기력하고 외로워졌다.

이 책은 오늘도 아이의 결핍 없는 삶을 위해 달리고 있는 우리 부모들의 민낯을 성찰하게 하며, 진정 우리 가족 문화에 무엇이 중요한가를 알게 해준다.

권위적이고 일방적인 아버지가 아니라 자녀에게 끊임없이 질문해 가며 참사랑을 실천해 가는 아버지의 모습은 다정했고, 따뜻했으며 그러면서도 철학이 담겨있었다.

자녀를 위한다는 명분으로, 사랑한다는 미명 아래 부모가 아이들에게 향했던 시선은 어쩌면 우리의 착각에서 비롯된 허상일지도 모른다.

소소한 일상을 함께 나누며 가족들만의 특별한 시간을 갖지 못하는 아쉬움도,

부모의 기대와 욕심으로 채워지는 아이들의 미래도,

반듯하게 자라게 하기 위해 들었던 사랑의 매도,

아이들에게는 현재의 행복한 삶을 위한 것이 아니라 강요된 미래였다.

자녀의 행복한 성장을 바라는 부모라면 가정교육의 원천이 바로 부모의 성장임을 이 책을 통해 다시 한번 깨닫게 될 것이다. 좋은 부모가 되기 위해 오늘도 고군분투하는 이 땅의 수많은 부모들에게 진짜 '사랑'을 전하는 이 책을 자녀 교육서로 권하고 싶다.

배정화(중등교사, [나는 혁신학교 교사입니다],
[오늘도 교사로 걷는 당신에게] 저자)

이 책은 어린 시절의 상처를 극복하고, 사랑의 유산을 물려주고자 하는 한 아버지의 진솔한 여정을 담고 있습니다. 저자는 자신의 어린 시절을 성찰하며, 그 경험이 어떻게 자신의 부모 역할에 영향을 미치는지를 솔직하게 탐구합니다. 세 자녀의 아버지로서 겪었던 '육아의 시행착오'들이 남 일 같지 않습니다. "육아서에 나온 아이와 우리 아이는 달랐기에, 매 순간 고민과 생각이 필요했다."라는 저자의 고백에 깊이 공감합니다.

저자 삶의 이야기에 때론 공감하며 눈물짓고, 때론 위로와 힘을 얻습니다. 자녀에게 사랑과 이해를 전달하는 것이 얼마나 중요한지를 깨닫습니다. 부모로서 성장한다는 건 숨어 있던 내적 상처에 약을 바르며 자신을 스스로 돌보는 힘을 기르는 것임을 일깨워 줍니다. 이 책을 읽으며 나의 육아 방식에 대해 깊이 성찰하고, 자신의 과거가 현재의 부모 역할에 미치는 영향을 이해하며, 이를 긍정적으로 변화시키기 위한 방법을 찾게 될 것입니다. 예비 부모, 어린 자녀를 키우고 있는 부모, 자녀에게 좋은 것을 주고 싶은 모든 부모님들께 이 책을 추천합니다.

<엄마를 위한 미라클 모닝> 저자, 최정윤

아이가 태어나기 전까지 육아서를 한 권도 읽지 않았습니다. 아이 키우는 것은 가정마다 상황이 달라서 '그것은 그 저자에게 해당하는 내용이고, 우리는 달라.'라는 마음이 컸던 이유입니다. 아이는 저절로 커가는 것이라는 생각이 컸습니다. 아이가 태어나고 아내와 저는 혼돈에 빠지기 시작했고, 아이들을 잘 키우자는 일념하에서 '다른 사람들은 어떻게 육아를 했지?' 육아 강의를 듣고, 육아서를 닥치는 대로 읽기 시작했습니다.

그제야 조금씩 육아 세계의 문이 열리기 시작했습니다. 저는 착각을 하며 살았던 것이었죠. 아이를 아이답게 바라보지 않고 어른의 시각에서만 바라봤으니 제대로 육아를 못 할 수밖에. 온전히 아이의 모습으로 바라보게 되어 '아이의 의미'를 깨달은 뒤로, 부담이었던 육아는 행복한 육아로 변할 수 있었습니다.

『자녀를 사랑한다는 아빠의 착각』은 마치 저의 시행착오를 극복하여 쓴 것처럼 한 페이지, 한 페이지에 제 생각이 담겨있었습니다. 자녀를 올바르게 사랑하는 것, 부모인 내가 자녀에게 바라는 대로 사는 것, 진정한 경청을 실천하는 것, 부모의 의지가 아닌 자녀의 의지를 존중해 주는 것 등 머리로는 알지만, 가슴으로 실천하지 못하는 것들. 제 생각이 온전히 담긴 책을 만나게 되니 반갑고 기쁩니다.

저자는 마지막으로 이런 말을 남깁니다.

"부모가 부모 자신을 찾아갈 때 자녀 역시 부모를 보며 자신을 찾아간다."

이 책을 통해 부모와 자녀가 진정으로 함께 사랑하며 성장하는 수많은 가정이 탄생하는 그날을 꿈꿔봅니다.

『초등 집중력을 키우는 동시 쓰기의 힘』 저자 김진수(밀알샘, 초등교사)

"부모는 자녀를 사랑한다."

"모성애는 최고의 사랑이다."

이 문장에 의문이 생기기 시작했다. 나의 가정도, 뉴스
도, 주변을 봐도 행복해 보이는 가정이 별로 없었다. 부모
가 자녀를 올바르게 사랑하고 있다면 가정은 행복할 것이
다. 부모는 자녀를 사랑한다고 하는데 왜 자녀는 사랑받
는다고 느끼지 못할까? 더 나아가 부모가 자녀를 사랑하
는데 어떻게 존속 살인이나 가정 폭력 등의 뉴스가 이렇게
많이 나올까? 그들도 자녀를 사랑했다고 말할 수 있을까?
사랑해서 잔소리하고, 사랑해서 혼내고, 사랑해서 매를

들고, 사랑해서 때리고, 사랑해서 학대한다. 학대가 심해지면 자녀를 죽음에까지 이르게 한다. 대부분의 존속 살인은 작은 체벌에서 시작되는 경우가 많다.

"부모는 자녀를 사랑한다."라는 명제는 착각이고 신화라는 결론을 내렸다. 부모의 입장에서, 부모의 입맛에 맞춰서 한 이야기였다. 한 부모의 자녀이자 세 아이의 부모가 되어보니 조금은 알겠다. 자녀 사랑은 자녀의 입장에서 바라봐야 한다.

"부모는 자녀를 사랑한다."라는 명제를 믿고 착각 속에 살 때보다 오히려 부모가 자녀를 사랑하지 못한다는 것을 인정하고 마주했을 때, 자녀를 향한 진정한 사랑이 조금씩 싹트기 시작했다.

결혼하고 자녀를 낳기 전에 육아서를 닥치는 대로 읽고 강의도 많이 들었다. 평소에 세상을 바라볼 때도 자녀와 아이의 입장에서 해석하고 고민했다. 아이들이 행복한 세상을 만들고 싶었다. 나의 노력과 공부의 결과로 자녀를 낳으면 잘 키울 줄 알았다. 막상 낳으니, 이론과 실제는 달랐다. 매 순간 고민과 생각이 필요했다. 육아서에 나왔던 아이와 내 아이는 달랐다. 육아서에선 철학과 방향성만 배웠다. 아내와의 결혼 후 첫째 아이, 둘째 아이, 셋째 아이까지 자녀가 늘 때마다 또 다른 세상이 펼쳐졌다. 상황에 맞는 공부와 삶의 변화가 필요했다. 결국 내 아이는 그 누구도 아닌 내가 키워야 했다.

행복한 가정과 올바른 자녀 양육을 위해선 공부와 고민이 필요했다. 열심히 공부했지만, 수학처럼 답이 딱딱 떨어지지 않았다. 생각하고, 고민하고, 적용하고, 반성하는 시간이 필요했다. 미지의 길을 걷는 느낌이었다.

어렸을 때 부모님은 자주 다투셨다. 부모님의 불화를 보며 자랐기에 결혼하지 않겠다고 다짐했었다. 그런 내가 사랑하는 아내와 결혼을 했다. 세 아이를 낳고 키우면서 배웠던 부분과 함께 실수하고, 넘어지고, 성장하는 모습을 책에 담았다. 아이에게 성장이 필요한 것처럼 어른이자 부모인 나 역시도 성장이 필요했다.

아이가 잘못하면 부모에게 고개를 숙이고 용서를 구하듯이, 부모도 자녀에게 잘못하면 고개를 숙이고 용서를 구해야 한다. 어른에서 아이로, 부모에서 자녀로 조금 더 관점이 옮겨갔으면 좋겠다. 우리나라의 미래인 아이들이 더 따뜻하고 온전한 사랑을 받았으면 좋겠다. 어린아이일 때의 순수함과 맑은 눈을 간직한 건강한 어른이 되었으면 한다.

가끔 길을 걷다 보면 정말 예쁜 아이와 좀 험상궂은 얼굴의 부모님을 본다. '분명히 부모님도 어렸을 때는 예뻤을 텐데, 어떻게 인상이 험상궂게 변했을까?' 생각한다. 삶의 풍파와 힘듦, 미움, 시기, 질투 등 부정적인 감정들이 얼굴을 변하게 한다. 나이 마흔이 되면 얼굴에 책임져야 한다고 한다. 곧 마흔이 되는 나는 거울을 본다. 아이의 순수한 모습을 잃고 있진 않은지 살펴본다.

아주 가끔 어린아이와 같은 어른을 본다. 어린아이의 순수함을 간직한 어른은 눈에서 빛이 난다. 나도 그런 어른이 되고 싶고, 나의 자녀도 눈에 빛이 나고 순수함을 간직한 어른으로 성장했으면 한다. 세상의 때가 묻지 않은 모습, 그렇다고 순진하고 약한 모습은 아니다. 단단함과 지혜로운 모습을 마음속에 간직한 어른이 되고 싶다.

넉넉하고, 배려하고, 이해하면서 정의롭고 순수하고 맑은 어른!

그렇다. 내가 먼저 걷지 않곤 자녀에겐 어떠한 것도 요구할 수 없다. 내가 자녀에게 바라는 대로 사는 것이 먼저였다.

이 책은 '자경노'라는 이름으로 함께 모인 선생님들 덕분에 쓰게 되었다. 특히 운영진으로 도움을 주셨던 김진수 선생님, 배정화 선생님, 최정윤 선생님께 큰 감사의 말씀을 드리고 싶다.

저를 믿어주시고 격려해 주시는 부모님과 장인어른, 장모님께 감사드립니다.

셋째가 태어났는데도 글 쓸 시간을 주고 항상 나를 믿고 지지해 주는 아내와 목숨보다 소중한 세 딸 사랑이, 온유, 은혜에게 감사하고.

마지막으로 나의 모든 삶을 주관하시고, 행복한 가정을 만들어 주신 예수님께 감사와 찬양을 올립니다.

차례

추천사 005

프롤로그 010

1장   진짜 사랑하기 위해 '부모'가 돌아봐야 할 것들

1. 현관문은 사랑을 싣고 021
2. 눕고 싶은 소파는 당장 치우기 028
3. 아이들에겐 솜사탕도 참 중요해요 037
4. 존중의 시작, 질문 044
5. 진정한 사랑의 시작, 인식 054
6. 시간과 에너지가 없으면 자녀를 돌보기 힘들어요 063
7. 상황에 따라 변하는 부모 마음 072
8. 수동적으로 키우고, 능동적으로 살길 바라는 부모 080

2장 사랑한다고 했던 행동이 아이에겐 상처가 될 수 있어요

1. 차별하지 않는 부모, 차별받는 자녀 091
2. 눈치 보는 부모와 상처받는 자녀 100
3. 또 인형 놀이? 106
4. 거봐, 아빠 말 안 들으니까 그렇지! 112
5. 말하기 전에 부모의 행동을 돌아봐요 119
6. 내 자녀는 내가 키워야 합니다 126
7. 엄마, 아빠 딸로 와준 것만으로도 충분해 133

3장   사랑한다는 착각을 인정하고 아이를 바라보기

1. 아빠, 조금만 더 놀고 싶어요 147
2. 험담은 험담을 낳고 153
3. 자녀가 정말 공부 못해도 되나요? 159
4. 꽃으로도 때리지 않을게 166
5. 더 나은 삶을 위한 3p 바인더 교육 174
6. 습관이 집착이 되지 않도록 182
7. 자녀는 누구의 의지로 이 땅에 태어나는가? 189
8. 내가 제일 좋아하는 과목은요 194

4장   사랑하면 함께 성장합니다

1. 스마트폰과의 전쟁, 어떤 전략을 세워야 할까? 205
2. 부모는 자녀의 거울입니다 212
3. 주위에서 담배 피우는 사람이 너무 미워요 217
4. 물건을 대하는 태도가 사람에게도 이어집니다 225
5. 세월호 사건은 나에게 무슨 말을 했는가? 230
6. 아버지를 용서하게 되었어요 237

에필로그 244

1장

진짜 사랑하기 위해 '부모'가 돌아봐야 할 것들

현관문은 사랑을 싣고

"딩동!"

"누구세요?"

"사랑이 온유, 은혜 아빠입니다."

"아빠 안녕히 다녀오셨어요. 뽀뽀!"

"사랑하는 딸들도 학교 잘 다녀왔나요?"

"사랑하고, 축복해요~."

고등학교 정도 되었을 때부터인가? 각자 자기 방이 생기면서 가족 간의 소통이 많이 줄었다. 공부를 열심히 하지는 않았지만, 공부한다는 핑계로 방에만 있었다. 그러면서 몰래 컴퓨터 게임도 했다. 물론 엄마가 들어오시면 누구보다 재빠르게 공부하는 척 책을 봤다. 중고등학교 때는 공부한답시고 멀어지고, 대학교에 들어가고 성인이 되어서는 자유라는 이름으로 더욱 가족과 멀어져갔다.

어느새 소통이 없고, 관심이 없고, 자기 일에만 몰두하는 가족으로 변했다. 가까운 친구네 가정도 별반 다르지 않았다. 친구 어머니가 고등학교 때 "아들이 도대체 무슨 생각을 하고 사는지 모르겠다."라고 하셨다. 친구 어머니는 나에게 아들에 대해 물어보셨다. 부모가 집에 들어와도 인사도 안 하고 맨날 게임만 하는 아들을 이해하기 어려워하셨다.

어떻게 해야 사춘기를 지나는 자녀와도 친밀한 관계를 유지하며 지낼 수 있을까?

현관문은 가족이 처음 만나는 장소다. 가족이 와도 나가

보지 않지만, 손님이나 친구가 오면 모두 현관문으로 마중 나간다. 가까운 가족은 뒤로한 채 먼 남에게 더 반갑게 마중하다 보니, 현관문은 가족이 아닌 남을 위한 문이 되어버렸다. 그래서 나는 남을 위한 현관문이 아니라 가족을 위한 현관문을 만들고 싶었다. 어쩌면 열쇠나 도어록은 집에 아무도 없을 때를 위해 만든 것이 아닐까? 집 안에서 문을 열어 줄 사람이 없으니, 밖에서 열쇠나 비밀번호를 누르고 들어간다. 집 안에 사람이 있으면 열쇠나 도어록은 필요 없다.

현관문과 도어록의 원래 설치 목적에 맞게 사용해 보자.

아내와 상의해서 가족이 오면 무조건 현관문으로 마중 나가 인사하고, 뽀뽀하고, 꼭 안아 주기로 했다. 안 하던 행동이라서 번거롭고 귀찮을 수 있는데 감사하게도 아내가 좋다고 해줬다. 막상 내가 하자고 해놓고 좀 귀찮기도 했다. 맨날 보는 얼굴인데 굳이 현관문까지 가서 인사를 해야 하나? 지속하며 오래 할 수 있을까? 여러 생각이 스쳐 지나갔다. 그런데 자녀들이 집에 올 때마다 마중 나가서 정중하게 인사하고, 뽀뽀하고, 꼭 안아 주니 아이들이 정말 좋아했다. 미소 짓는 아이들을 보니 내 마음도 포근해지며 입가에 미소가 나오기 시작했다. 내가 출퇴근할 때도 가족이 마중 나와 환한 미소로 뽀뽀와 포옹을 해줬다. 점점 내 안에 안정감이 생겼다. 이 안정감은 나에게 새 힘을 불어넣어 주었다.

아침에 현관문에서 가족에게 힘을 받고 출근하니 직장에서도 활력 넘치는 생활을 할 수 있었다. 퇴근하고 집에 들어올 때도 가족에게 뽀뽀와 포옹을 받으면 피곤과 스트레스가 확 풀린다. 돌아보니 시작과 끝은 항상 가족이 함께했다. 잠을 자고 일어날 때도, 출근하고 퇴근할 때도 항상 가족이 옆에 있었다. 탄생과 죽음도 가족과 함께한다. 태어날 땐 어머니의 배 속에서 태어나고 임종 시에도 가족이 곁을 지켜준다. 죽음 후 장례식장을 지켜주고 발인도 가족이 해준다. 가족 없이 나도 없다. 가족이 있기에 지금의 내가 존재한다. 이 중요한 가족이 집에 왔는데 방안에서 스마트폰만 하면 되겠는가? 스마트폰보다, 남보다 소중한 가족을 더 환대하고 사랑해야 한다.

만약 지금의 인사가 마지막 인사라면?

어머니가 강원도에 계셔서 여름만 되면 강원도로 놀러 간다. 강원도 하면 동해 아니겠는가? 특히 화진포 해수욕장은 호수와 바다가 만나는 부분이 있는데 수심이 얕아 아이들이 놀기 좋다. 얕은 곳은 발목 높이밖에 되지 않는다. 방학 때 가족과 즐겁게 해수욕을 즐기면서 놀고 있을 때였다. 음료수를 사러 잠시 매점에 다녀왔는데 아내와 아이들 모두 홀딱 젖어 있고 아이들은 엉엉 울며 아내 품에 안겨 있는 게 아닌가? 대체 무슨 일이 일어났나 싶었다.

매년 가도 즐거운 화진포 해수욕장

잠시 매점에 다녀온 사이에 그 얕았던 곳이 바닷물과 호수가 만나면서 2m가량 되었고, 아이들과 아내 모두 물에 빠져서 구조대원이 출동하고 난리가 났었다고 한다. 그 이야기를 듣자마자 가족을 잃을 뻔했다는 공포가 밀려왔다. 울고 있던 아이들은 나에게 달려와서 너무 무서웠다며 펑펑 울었다. 그때 난 죽음에 대해 생각했다. 죽음은 먼 이야기이며 남 일인 줄 알았는데 내 곁에도 있었다. 언제, 어디서 어떻게 다가올지 모른다. 내가 가족 옆에서 항상 동행할 수 없고, 동행한다고 해도 지킬 수 없는 상황에 부닥칠 수 있다는 걸 뼈저리게 느꼈다. 오늘 하루가 나에게, 그리고 가족에게 마지막이 될 수 있었다. 가족을 잃을 수 있다는 두려움이 밀려왔지만, 이 두려움은 가족을 더 사랑해야겠다는 마음으로 승화되었다.

현관문에서 가족과의 인사가 오늘 마지막이 될 수도 있다. 후회 없는 삶을 위하여 현관문에서 인사할 때 마지막처럼 애틋하게 한다. 가족을 매일, 매 순간 소중하게 생각하지 않으면 언젠간 후회할 날이 올 것 같다.

만남과 헤어짐의 순간인 현관문에서 우리는 오늘도 진하게 사랑하며 인사한다.

2

눕고 싶은 소파는 당장 치우기

"여보 이것 좀 봐봐, 온유가 그린 그림이야."

"우리 온유 그림 실력 좀 볼까?"

"당신 소파에 누워서 핸드폰 하는 모습 그렸어!"

"…"

"당장 소파 버리자!"

설거지하는 엄마

책상에서 독서하는 언니

소파에 누워서 핸드폰을 하는 아빠

어느 날 온유가 어린이집에서 가정의 모습을 그려왔다. 설거지하는 엄마, 독서하는 언니, 소파에 누워서 핸드폰을 하는 아빠가 그려져 있었다. 뒤통수를 세게 얻어맞은 듯 창피함이 내 안에 가득 밀려왔다. 특히 어린이집 선생님들에게 너무 부끄러웠다. 딸들을 어린이집에 자주 등·하원 시키러 다녀서 내 얼굴도 다 아신다. 심지어 얼마 전에는 첫째 딸, 둘째 딸 친구들과 줌으로 독서 모임을 하는 게 소문이 났는지 독서에 대한 강의 요청을 받아 어린이집에서 강의도 했다. 강의할 때 아이들 독서 습관의 기본은 교사와 부모가 모범을 보여주는 것이 가장 중요하다고 이야기했었다. 스마트폰은 독서의 가장 큰 적이라고 했는데 정작 강사가 소파에 누워서 핸드폰을 하는 꼴이라니….

"아닙니다! 잠시 아주 잠시 핸드폰을 한 거예요. 책도 많이 읽어요. 온유가 못 봐서 그런 거예요!"라고 핑계를 대고 싶었다. 곰곰이 나 자신을 돌아보니 온유가 그린 그림이 팩트였다. 퇴근하고 집에 들어오면 자연스레 소파로 발걸음이 향했다. 소파에 누워 스마트폰을 하다가 스르르 눈이

감겨 낮잠을 자는 습관이 생겼다.

　퇴근 후 집에 오면 언제나 소파가 나에게 유혹의 손길을 보낸다. 유혹의 손길을 이기지 못했다. 소파를 보니 앉고 싶고, 앉다 보니 눕고 싶고, 눕다 보니 자고 싶었다. 소파의 안락함이 문제다. 내 의지는 소파 앞에서 무용지물이었다. 의지가 환경을 이기지 못하니 환경의 변화가 필요했다. 아내에게 이야기했다.

"여보, 소파 당장 버리자!"

　사실 소파를 산 지 얼마 안 되어서 좀 아까웠다. 그런데도 소파를 버리고자 한 이유는 그만큼 온유의 그림이 나에게 큰 충격을 줬기 때문이었다. 지금, 이 순간 결단이 필요했다. 나름 50만 원이라는 거금을 들여 산 소파였는데 버리기로 결정했다. 마침 이사를 계획하고 있던 찰나여서, 소파는 버리고 이사한 집 거실에 6인용 테이블을 구매해 비치했다.

결혼 전부터 아내랑 집에 TV는 놓지 말자고 약속했다. TV 때문에 가족 간의 대화가 없어지고 서로 관심이 없어지는 문화가 싫었다. 다행히 집에 TV를 놓지 않아서 아내와 대화하는 시간을 많이 가졌고 지금까지도 TV 없이 잘 살고 있다. 그렇다고 영상 시청을 안 하진 않는다. 12년 전만 하더라도 TV로만 영상을 시청했지만 요즘은 TV가 없어도 유튜브 등으로 영상을 볼 수 있다. 네이버나 다른 채널을 이용해 좋아하고 필요한 영상만 선택해서 본다. TV를 바보상자라고 하지 않던가? 영상 시청하는 시간을 제외하고 채널 돌리는 시간만 합쳐도 어마어마하다.

그런데 이제는 웬걸! 스마트폰이 등장했다. 유튜브 시청이 일상화되면서 영상이 폭포수처럼 쏟아졌다. TV의 중독성과는 비교가 안 된다. 밥을 먹으면서도, 설거지하면서도, 화장실에서도, 소파에서도, 침대에서도, 지하철과 버스에서도, 직장에서도 언제 어디서나 스마트폰이 손에서 떠나지 않는다. 그래서 요즘은 알뜰폰 요금제를 사용한다. 와이파이가 전역에 펼쳐져 있어 절제하기 쉽지 않지만, 길에서만은 하지 말자는 마음으로 요금제를 바꿨다. 7,000원 요금제에 데이터는 1.5기가만 사용할 수 있다.

이런 노력에도 불구하고 자녀 앞에서 소파에 누워 스마트폰만 했다. 차라리 어린이집 선생님이 내 얼굴을 몰랐으면 좋았을 것. 어린이집 선생님 앞에서 독서에 대해 강의까지 했는데 정말 가능하면 시간을 과거로 되돌리고 싶었다.

이미 물은 엎질러졌다. 이제 내가 할 수 있는 일은 두 가지다. 얼굴에 철판을 깔고 모르는 척하면서 전과 같이 살거나, 이 일을 반면교사 삼아 삶에 변화를 주는 것이다. 차마 얼굴에 철판을 깔 용기가 없어서 소파를 버리고 삶의 변화를 선택했다.

이사를 하면서 소파를 버리고 6인용 테이블을 구매하여 거실에 놓았다. 이걸로는 부족하단 생각에 거실을 책장으로 도배했다. 거실 테이블 중심으로 앞뒤 모두 책장이 있다. 아래에서 두세 번째 칸은 아이들 책, 나머지 위 칸은 내 책이다. 거실 테이블은 단순히 독서만을 위한 공간이 아니라 모든 일을 하는 공간으로 변했다. 업무나 해야 할 일을 거실에서 한다.

거실에 테이블을 비치한 이후 독서, 말씀 묵상, 감사 기록, 블로그 글쓰기, 학교나 교회 관련 업무를 거실에서 한다. 그뿐만 아니라 가장 소중하게 생각하는 가족 모임(독서, 감사, 칭찬, 예배)도 거실 테이블에서 한다. 테이블에서 독서하는 아빠를 보고 자연스레 딸들도 자리를 잡는다. 글을 쓰는 지금도 내 앞에서 딸들이 책을 읽는다.

거실 책상에서 큐티도 하고, 독서록도 쓰고

그 이후 사랑하는 딸들이 거실에서 책을 읽거나 업무 보는 모습이 멋있다고 편지를 세 번 정도 써줬다. 너무 기분이 좋고 뿌듯했다. 딸들이 보기에도 소파에 누워서 핸드폰 하는 모습보다 테이블에서 책 읽는 모습이 보기 좋은가 보다. 자녀들도 독서, 숙제, 슬라임 놀이 등 일상 대부분을 거실 테이블에서 보낸다. 소파에 누워 핸드폰 하는 모습을 그렸던 온유가 거실에서 독서하는 내 모습을 보고 칭찬한 다. 크나큰 발전이다!

나는 환경을 지배할 수 없는 나약한 인간이었다. 소파의 유혹을 이기지 못한 나로선 환경을 더 적극적으로 개선하 는 방법밖에 없었다. TV를 치우고, 소파를 치우고, 테이블 과 책장을 거실에 놓는 방법이 최선이었다.

앞으로도 환경을 이길 자신이 없으면 환경을 바꾸며 성 장하는 삶을 살길 다짐한다!

꺼내 볼 때마다 힘이 나는 쪽지들

바인더에 보관하며 항상 함께하는 아이들의 편지

아이들에겐 솜사탕도 참 중요해요

"훌쩍훌쩍."

"온유야 무슨 일이야? 괜찮니?"

"아빠, 솜사탕이 작아졌어요. 으앙~."

"그래? 온유야 속상했겠구나, 아빠가 안아 줄게!"

"아빠도 어렸을 때 솜사탕이 작아져서 울었던 적이 있어."

"이따가 아빠가 솜사탕 두 개 사줄게! 사랑하고 축복해!"

솜사탕을 정말 좋아하는 온유는 평소 먹는 양이 적다.
배가 부르면 먹던 음식을 냉장고에 보관한다. 그날도 먹다

남은 솜사탕을 냉장고에 넣어놨다. 다음 날, 기대하는 마음으로 냉장고에서 솜사탕을 꺼내 뚜껑을 열었다. 크고 풍성하고 아름다운 자태를 뽐내던 솜사탕은 사라졌다. 냉장고의 수분과 결합하여 마치 구겨진 신문처럼 초라하고 비참하게 쪼그라들어 있었다. 온유가 훌쩍훌쩍 울먹이며 쪼그라든 솜사탕을 들고 나에게 왔다. 솜사탕이 작아졌다며 울음이 터졌다.

온유는 세상이 무너진 표정으로 정말 서럽게 울었다. 그 모습이 너무 귀여웠다. 핸드폰으로 녹화해서 두고두고 보고 싶을 만큼, 너무 귀여워서 웃음이 터질 뻔했다. 하지만 정신을 바짝 차리고 웃음을 참으며 온유를 위로했다. 온유의 마음으로 상상을 해보니, 정말 속이 상하기 시작했다. 온유 입장이 이해되고 공감이 된다.

공감하려면 상대방 삶에 대한 이해가 선행되어야 한다.
깊이 생각하고 생각하자. 내 입장이 아닌 상대방 입장을 생각하면 공감이 된다. 공감의 말을 하며 온유를 꼭 안아

주니 울음이 서서히 그쳤다. 나는 솜사탕이 작아진 이유를 설명해 주고 함께 마트에 가서 솜사탕 두 개를 사줬다.

어린 딸들은 별일 아닌 것처럼 보이는 일에도 울음을 터뜨리곤 했다. 그 모습이 귀여워 웃음이 나온 적이 있다. 딸들은 왜 웃느냐고 속상하며 더 서럽게 울었다. 난 귀여워서 웃었지만 자녀에게는 상처였다. 그다음부터 상황을 살피며 웃음을 절제한다.

내 웃음이 자녀에게 어떤 의미로 다가갈까?

딸이 세 살 정도 되었을 때의 일이다. 노팬티로 서서 대변을 보는데 대변이 바나나처럼 엉덩이에 대롱대롱 매달렸다. 너무 귀엽고 사랑스러워서 아내와 웃으며 동영상 촬영을 했다. 그 순간 딸의 울음이 폭발했다. 너무 당황했다. 딸에게 귀여워서 웃은 거라고 설명을 해줘도 전혀 통하지 않았다. 그 이후 딸은 한동안 나와 아내가 없는 방으로 가서 문을 닫고 대변을 봤다. 나와 아내가 따라가면 화를 내며 따라오지 말라고 했다. 미안하다고 사과하며 몇 번이나 상황 설명을 해줘도 소용없었다. 마음에 상처를 받았는지 대변을 볼 때 나와 아내를 멀리했다. 때론 대변을 억지로 참았다. 부모의 웃음 때문에 대변을 보는 자기 모습이 수 치스러웠나 보다.

지금 다시 생각해도 미안해서 가슴이 아프다.

육아에 대한 지식과 경험이 부족한지, 아직도 부모의 입장만 생각했는지, 그 이후에도 몇 번 비슷한 실수를 했다. 자녀들이 몰래 방에 들어가서 코를 후비고 나오는 모습이나, 어느 일에 몰두하다가 실수하는 모습을 보고 웃음이 터졌다. 딸들은 나의 웃는 모습을 보고 속상해하며 울었다. 자녀가 속상해하는 모습도 별일 아니라고 생각하며 넘겼었다. 마치 '넌 어려서 그래. 어른 세계는 달라.', '너희도 크면 다 알 거야.' 이런 생각이 마음 깊숙한 곳에 자리 잡고 있었는지 모른다.

부모는 악의 없이 귀엽고 사랑스러워서 웃는데 자녀는

다르게 받아들였다. '아이니까 잘 모를 거야.'라고 안일하게 생각했다. 이런 생각이 아이에게 전달되어 울음이 터진 것일까?

자녀에게는 공감이 필요했다. 자녀가 느끼는 감정을 깊이 공감하여 함께하는 것! 조금만 생각하면 당연한 일이다. 내가 속상해서 우는데 누군가 대수롭지 않게 모든 걸 통달한 것처럼 미소를 지으며 웃는다고 생각해 보자. 생각만 해도 화가 난다. 오만한 모습으로 보여 "당신이 뭔데 웃고 있나요?"라고 물을 것 같다.

'아이들이 우는 모든 일은 별일이다.'

당연한 명제다. 별일 아닌데 우는 사람이 어디 있겠는가? 당연히 별일이니까 눈물이 흐른다. 다만 어른이 생각하는 별일과 어린 자녀가 생각하는 별일이 다를 뿐이다. 별일은 상대적이다. 내가 생각하고 있는 별일도 죽음을 앞둔 노부가 보기엔 별일이 아닐 것이다.

때론 자녀를 키우기 참 어렵다. 과거로 다시 한 걸음, 한 걸음 걸어가야 하기 때문이다. 어른의 시각과 판단과 마음이 아닌, 아이의 시각과 판단과 마음으로 바라봐야 했다. 그러기 위해선 고민하고, 신경 쓰고 주의 깊게 자녀를 살펴봐야 했다. 가끔은 귀찮았다. '이렇게까지 해야 하나?' 이런 생각도 들었다. 하지만 자녀에게 준 작은 상처가 나에게 아픔으로 돌아왔다. 나의 미소가 걱정으로, 웃음이 슬픔으로 다가왔다. 나비 효과처럼 지금 무심코 넘긴 일이 큰 파도가 되어 다시 나에게 왔다.

앞으로 자녀는 성장할 것이고, 성장한 만큼 경험과 상황에 맞는 사랑이 필요하다. 부모 또한 자녀와 함께 성장하며 자녀의 눈높이에 맞춰 공감하고 사랑하자.

솜사탕을 좋아해서 놀이공원에서도 사 먹었던 온유와 사랑이

존중의 시작, 질문

"기저귀 갈아줘도 될까요?"

"맛있는 분유 줘도 될까요?"

"옷 입혀줘도 될까요?"

"뽀뽀해도 될까요?"

"안아줘도 될까요?"

오늘도 갓 태어난 은혜와 눈을 맞추고 함께 호흡하며 질문한다. 첫째와 둘째가 아기였을 때도 질문했다. 이제는 셋째에게도 질문한다. 대답을 못 하는데 왜 질문하는지 의문이 들 수도 있다. 질문하는 습관을 갖고자 질문한다. 어렸을 때부터 자녀 의사를 존중하고 질문하지 않으면, 부모 멋대로 욕심부리며 자녀를 키우게 될까 두렵다. 부모가 자녀를 존중하는 마음으로 질문하면 존중하는 마음이 자녀에게 전달된다.

혹시 '속으로 대답할 수 있지 않을까?'

언젠가 할머니와 부모님의 대화를 관찰한 적이 있다. 할머니는 아버지와 대화할 때 거의 답을 정해 놓고 이야기하셨다. 아버지 연세가 일흔이 다 되어 가는데도 마치 어린아이 대하듯 이야기하셨다. 대화 대부분이 명령조였다. 아버지를 걱정하시는 마음은 알지만 배려나 존중은 보이지 않았다. 할머니의 영향이었을까? 내가 성인이 되어도 아버지 역시 명령조에 이미 답을 내린 상태로 내게 이야기하셨다. 할머니와 아버지의 대화는 자녀에게 질문하는 습관을 가져야겠다고 생각한 계기가 되었다.

결혼 후 집을 구하고 있었는데 아버지의 간섭 때문에 크게 다퉜다. 사랑하는 아내와 신중하게 고민하고 이사 갈 곳을 정했다. 아버지께서 이사 가려는 곳을 보시고는, 근처에 차도 많이 다니고 공기도 안 좋다며 다른 곳으로 이사 가라고 하셨다. 직장과의 거리를 고려하면 가족에게 가장 적합한 곳이었다. 하지만 아버지는 막무가내로 다른 곳으로 이사 가라고 하셨다. 여차여차 설명을 했는데 말이 안 통했다. 결국 "내 삶은 내가 마음대로 하고 싶다."라는 이야기까지 했다. 아버지가 원하는 곳으로 이사하고 불편한 일이 생기더라도 아버지는 책임지지 못하신다. 결국 아버지에 대한 원망만이 내 안에 남는다.

유대인 교육법-하브루타

자녀와 부모가 수평적인 관계로 자유롭게 질문하고, 위계 없이 언제든지 자기 할 말을 하는 유대인 교육법을 선호한다. 편안히 서로 대화하는 모습이 보기 좋았다. 첫째를 갖고 유대인 자녀 교육에 관한 책을 다섯 권 이상 빌렸다. 열심히 책을 읽고 첫째 때부터 질문하는 습관을 지니려고 노력했다. 하브루타가 더 마음에 와닿았던 이유 중

하나는 존중이 그 안에 숨어 있기 때문이다. 내가 자녀에게 존중하는 마음으로 질문을 해야 자녀도 나에게 존중하며 질문하지 않겠는가?

서른 버릇 여든 간다

세 살 버릇만 여든 갈까? 부모님과 할머니의 대화를 보면서 서른 버릇도 여든 갈 수 있다는 걸 배웠다. 할머니가 아버지를, 아버지가 나를 지금도 가끔 어린아이 취급하는 모습을 보면 서른 버릇도 여든 간다. 부모는 서른쯤에 자녀를 낳고, 자녀가 어리니까 의사를 존중하지 않고 계속 명령하며 잔소리한다. 그렇게 마흔, 쉰, 예순, 일흔, 여든이 돼서도 습관이 되어 명령하거나 잔소리한다. 세월이 흘러 성인이 되어도 자녀니까 아이처럼 대한다. 자녀가 어릴 때 질문하지 않고 부모의 의사와 뜻대로만 양육하면, 습관이 생겨 무의식적으로 성인이 되어도 자녀를 아이로 보게 된다.

결혼하고 아이까지 낳았는데 부모님이 아이들 앞에서

어린아이 대하듯 이야기하면 기분이 더 나빴다. 자존심도 많이 상했다. 그나마 옳은 말이면 수긍하겠는데 아버지의 개인적인 사견은 듣기 힘들었다. 참다가 듣기 힘들어 논리와 합리로 무장하여 부모님께 총알 같이 쏘아붙였다. 어쩌면 내 마음속에 '날 좀 믿어주세요. 날 좀 신뢰해 주세요.' 라는 마음이 내면에 있었는지 모른다. 부모님 마음을 모르지 않지만 내내 서운한 감정이 마음속에 남는다. 자녀에게 질문하지 않으면 자녀도 나와 같은 마음이 들지 않겠는가? 자녀도 부모가 존중하고 인정해 주길 바랄 것이다. 존중하고 인정해 주는 첫걸음이 바로 질문이다.

어린이집은 언제 다녀야 할까?

가정마다 어린이집을 보내는 나이가 다르다. 우리 가정은 사랑이는 5살, 온유는 4살 때부터 어린이집을 다니기 시작했다. 핵심은 질문이었다. 자녀의 의사를 물어보고 존중하자고 아내와 이야기했다. 사랑이 온유에게 어린이집이 어떤 곳인지 충분히 설명하고 다니고 싶을 때 보내주겠다고 했다. 온유는 3살, 사랑이는 5살 때까지 아내가 집에서 혼자 아이들을 키웠다. 주위 사람들은 대단하다며 어떻게 오랫동안 어린이집을 안 보내고 집에서 혼자 키우냐고 했다.

우리는 어린이집을 보내고 좋고, 안 보내도 좋았다. 사랑이를 어린이집에 보내면 아내가 온유를 집중적으로 사랑하고 돌볼 수 있어서 좋고, 어린이집에 안 가면 함께 있어서 좋다. 어렸을 때의 시간은 너무 소중하다. 다시 돌아오지 않는다. 자녀들이 하루하루 성장하면 더 어렸을 때의 얼굴이 안 보인다. 그 순간이 너무 아까웠다. 주위 선배 부모님들도 어렸을 때 함께하는 시간을 많이 가지라고 조언했다. 그래서 아내와 함께 의견을 나누며 딸들이 어린이집에 가고 싶다고 할 때 보내자고 했다.

놀이터에서 어린이집 다니는 아이들을 만났다. 사랑이는 관심을 가지고 쳐다보기도 하며 근처에 가서 어슬렁어슬렁 구경도 했다. 5살이 되니 어린이집에 다니고 싶다고 했다. 사랑이를 데리고 처음 어린이집에 도착했다. 역시나 울먹이며 헤어졌다. 예상은 했지만, 마음이 쓰라렸다. 다행히 다음 날부터는 웃으며 헤어졌다. 선생님도 너무 좋고 친구들과 즐겁게 놀았다고 신나게 이야기했다. 온유는 4살 때 어린이집을 다니기 시작했다. 항상 언니와 함께라서 온전히 사랑할 시간이 부족했는데, 언니가 어린이집 간 동안에 아내가 집중적으로 사랑하며 놀아줬다. 사랑이가 어린이집에 다닌 뒤로는 언니가 어린이집에 가서 간식도 받아오고 만들기 작품을 가지고 오니 본인도 가고 싶다고 했다. 온유의 의견을 존중해서 4살 때부터 어린이집에 다니기 시작했다.

부모는 자녀에게 질문하고, 자녀들은 질문에 대해 곰곰이 생각하고 결정한다.

질문은 창의성의 시작

요즘처럼 창의성이 주목받는 시대가 있을까? 창의성이야말로 교육의 핵심이다. 교육을 넘어 창의성은 인간의 고유한 영역이다. 앞으로 인공지능이 많은 삶의 영역을 차지할 것이다. 인공지능은 인간처럼 스스로 생각할 수 있는 능력이 없다. 데이터가 기반이다. 얼마나 많은 데이터를 축적하는지가 핵심이다. 그렇기에 새로운 데이터를 만드는 사람이 미래에 가치 있는 사람이 될 것이다. 로봇으로 대체될 많은 부분은 거의 창의성이 필요 없는 직업이다. 단순 작업은 빠르게 로봇으로 대체될 것이다. 어쩌면 기계 혁명은 사람이 그동안 기계처럼 산 대가일지 모른다. 자녀에게 질문하지 않는 행위는 자녀를 로봇으로 보는 것과 같다. 자녀가 창의성이 풍부한 사람으로 자라나기를 원하는가?

부모가 먼저 질문을 해야 한다. 세상에, 교육에, 종교에, 학문에 질문을 던져야 한다.

주어진 지식으로 문제를 빠르게 분석하는 것이 중요한 시대다. 대학에 가려면 어쩔 수 없다. 수능 공부할 때 수학 강사님께서 수학이 암기 과목이라는 충격적인 이야기를 하셨다. 그동안 사고하는 능력을 향상하는 데 수학만큼 적합한 학문이 없다고 생각했다. 그런데 수학이 암기 과목이라니 참 웃긴 이야기다. 부정하고 싶었지만 부정할 수 없었다. 수능이라는 거대한 시스템 안에서 수학은 암기 과목이다. 더 많은 문제를 풀어보고 기억하고 암기해야 한다.

수능 시험에서 새로운 문제가 나왔는데 창의성을 발휘해서 푼다는 것은 순진한 생각이다. 다양한 문제 유형을 풀어보고 비슷한 문제가 나왔을 때 빠르게 풀어야 한다. 완전히 맞는 이야기는 아니지만 일리가 있는 말이다. 수학조차도 암기 과목이라고 평가받는다.

이런 시대에 부모가 먼저 창의성을 길러야 한다. 세상이 규정하고 정해 놓은 대로 사는 것이 아니라 부모만의 고유한 특성을 발견하고 행동해야 한다. 부모가 먼저 세상에 질문을 던지는 모습만큼 자녀에게 큰 자극이 없다.

오늘도 부모 먼저 질문하며 자녀 의사를 물어보고 경청하는 하루를 살자.

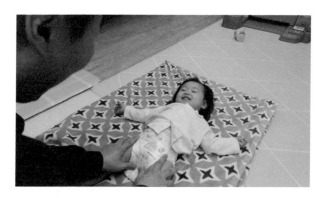

'기저귀 갈아줘도 될까요?' 물어보며 기저귀를 갈아 준다

기저귀를 갈아주고 난 뒤 발 뽀뽀는 필수코스

5

진정한 사랑의 시작, 인식

널 사랑하지 않아 너도 알고 있겠지만
널 사랑하지 않아 다른 이유는 없어

그룹 어반자카파의 노래를 가수 한동근과 최효인이 듀엣으로 불렀다. 두 가수 모두 실력이 뛰어나고 음색도 서로 잘 어울린다. 가사도 좋아서 몇 번이고 들었다. 연인 간 관계를 잘 표현한 노래다. 분명히 지금도 사랑하고 보고 싶고 그리운데 지나온 날과 나의 행동을 보면 사랑이 아니었다는 결론을 내린 가사다.

더 이상 미안하다는 말도 용서해달라는 말도 못 한다.

왜냐하면 또 실수를 반복할 것을 알아서. 알고 봤더니 이게 내 진심인 거였어.

널 사랑하지 않는 것.

그런데도 네가 생각나고 보고 싶고 그리워….

난 어떻게 해야 하는 걸까?

남녀 간의 사랑을 표현한 곡이지만 부모와 자녀 간에도 주는 메시지가 보인다. 자녀를 사랑한다고 이야기하지만 정작 부모의 행동은 반대인 경우가 있다. 부모 내면을 잘 들여다보니 자녀를 사랑하는 마음은 보이지 않았다. 그 안에 부모 자신을 위한 이기적인 마음이 있다. 자녀를 사랑한다는 말은 어쩌면 거짓말이다. 오히려 노래 가사처럼 자녀를 사랑하지 않는다는 말이 더 정직한 표현이다.

30년 전 즈음, 가족이 함께 외식하려고 메뉴를 고를 때의 일이다. 난 지금도 뚱뚱하지만 어렸을 때는 더 뚱뚱했다. 아빠는 나의 건강을 걱정하며 회를 먹으러 가지고 하셨다. 기름진 육식 대신 담백한 회를 추천하셨다. 나머지 식구는 다른 음식을 먹고 싶었다. 특히 나는 덜 익은 홍합을 먹다 배탈로 병원에 입원해 고생한 적이 있어 그 후 날것에 대한 트라우마가 생겼다. 회는 30대가 돼서야 먹기 시작했다. 이 트라우마를 가지고 가족과 함께 횟집을 방문했다. 역시 나에겐 최악의 외식이었다. 평소처럼 배불리 맛있게 먹지 못하고 밑반찬으로 나온 익힌 음식만 조금 먹었다. 당연히 회는 한 점도 먹지 못했다.

분명 아빠는 나를 걱정하셨다. 하지만 걱정하는 마음만 존재하는 건 아니었다. 아빠는 평소에 회를 좋아하셨다. 회를 추천하셨을 때 아버지 자신이 먹고 싶어 하시는 마음이 느껴졌다. 아빠가 굳이 말로 표현하지 않아도 미세한 표정의 변화로 마음이 느껴진다.

아빠는 엄청 즐겁게 식사하셨다. 해산물을 먹어야 몸이 건강하다고 회를 못 먹는 나에게 핀잔을 주셨다. 아직도 아버지가 즐겁게 식사하시며 나에게 핀잔줬던 외식 분위기를 기억한다. 나에게 큰 상처가 되었다.

물론 아빠에게 나를 사랑하는 마음이 전혀 없지는 않았다. 인간의 행위는 단 하나의 동기로 발현되지 않는다. 예상컨대 아버지께서 회를 먹으러 가자고 한 것은, 재정 상황+위치+자신이 좋아하는 음식+자녀 비만 걱정 등 여러 가지 동기가 결합하여 다다른 결론이었을 것이다. 그러나 표면적으로 드러난 동기는 자녀의 비만 걱정뿐이다. 아버지 자신이 회를 좋아해서 외식 메뉴를 정했다고 이야기하진 않았지만, 그 마음을 숨기기란 거의 불가능에 가깝다.

그 사건만 본다면 아버지는 날 진심으로 사랑했다고 말하기 어렵다. 아빠가 좋아하는 회를 맛있게 먹는 모습, 자녀가 회를 못 먹는 모습을 이해하지 못하고 핀잔주는 행동이 그 순간만큼은 날 사랑하지 않았다는 증거다. 그 이후 날 것이나 해산물을 더 싫어하게 되었다. 마치 부모가 자신의 욕심과 욕망으로 자녀에게 공부시키면 공부가 더 싫어지는 것과 같다.

겉으로 드러난 명분은 자녀의 비만 걱정이다. 아빠가 회를 좋아하니까 외식 메뉴를 회로 정했다는 진심은 드러내지 않는다. 이로써 부모는 선한 존재가 된다. 부모는 선하고 자녀를 사랑하는 존재이기 때문에 회를 먹으러 왔다는 분위기가 외식하는 동안 계속되었다. 나는 부모의 사랑과 기대에 부응하지 못하는 뚱뚱하고 미련한 자녀로 전락해 버렸다. 진실은 그렇지 않다는 것을 속으론 가족 모두 알고 있다. 자녀는 아버지 자신이 회를 좋아하는 모습만이 보인다. 행복하게 음식을 드시면서 핀잔하는 아버지의 모습에 상처받는다. 더 큰 문제는 부모가 자녀에게 건강에 좋은 음식을 권면하기 때문에 실제 부모 모습보다 스스로가 더 도덕적이라고 생각하게 된다는 것이다.

부모뿐만이 아니라 선생님들의 마음도 다 기억난다. 자세한 상황은 기억나지 않지만, 어떤 마음으로 나를 대했는지 선명하게 기억한다. 교사가 학생을 지도할 때 사랑해서 하는 말인지, 마음에 들지 않아서 한 말인지 다 안다. 표정과 눈빛에서 마음이 드러난다.

온전히 사랑하려면 동기와 행위 모두 생각해야 한다. 부모는 자녀를 향한 자신의 동기를 객관적으로 파악해야 한다. 자신을 속이지 말고 정직하게 돌아봐야 한다. 그렇지 않으면 절대로 자녀를 온전히 사랑할 수 없다. 욕심으로 대하면서 욕심을 숨기고 사랑으로 포장하면 사랑도 자녀에게 폭력이 될 수 있다.

나 또한 욕심을 숨기고 자녀를 위하는 척하는 경우가 얼마나 많은가?

최근에 자녀들이 몇 년간 다닌 영어 학원을 끊었다. 학원을 다니고 말고의 문제는 자녀의 자유이기 때문에 허락받을 필요가 없는 문제다. 그럼에도 불구하고 어떻게든 설득해서 영어학원을 계속 다녔으면 했다. 여기서 그만두면 3년을 넘게 영어를 배운 것이 다 무용지물이 되는 것과 마찬가지다. 영어를 왜 어렸을 때 배워야 하는지, 영어가 세계 공통어이며, 영어를 배워야 외국인과 대화할 수 있다고 설명하며 설득했다. 결국 부모의 설득에 못 이겨 몇 개월 더 다녔는데 딸들은 힘들어했다.

나는 왜 딸들이 영어 학원을 계속 다니길 원했을까? 가장 큰 이유는 내가 영어를 못하기 때문이다. 어렸을 때 영어를 접할 기회가 부족하여 영어를 못한다고 생각한다. 그래서 딸들이 나 대신 잘 배워 유창하게 영어를 하길 바랐다. 설득하기 위한 부연 설명은 겉으로 드러나는 명분에 불과했다. 아빠와 마찬가지로 이기적인 나의 마음은 깊숙한 곳에 감추고 그럴듯한 명분만을 앞세웠다. 힘들어하는 딸들을 보고 결국 나의 욕심을 인정했다. 자녀들의 선택을 존중하여 영어 학원을 끊고 다니고 싶어 하는 피아노 학원에 등록했다. 정말 즐겁게 학원에 다니고 집에서도 서로 피아노를 치겠다고 난리다.

교육만큼 부모의 욕심을 투영할 명제도 없다.

"다 너를 위해서야."
"다 너 잘 되라고 하는 거야."

자녀를 위하려면 자녀의 의지가 투영되어야 한다. 부모

의 의지와 욕심이 투영되면 자녀가 잘 될 수 없다. 자녀의 의지가 투영되었을 때 능동성이 발휘되고 행복하게 살 수 있다. 부모의 욕심으로 자녀에게 메이저 전공을 강요하는 경우도 태반이다. 돈이 안 되고, 직업 구하기 어렵다는 명분이다. 자녀를 걱정하는 마음은 충분히 이해한다. 하지만 돈을 많이 벌고 불행하면 어떻게 할 건가? 인생의 가장 큰 가치는 행복 아닌가? 행복 없인 돈도 필요 없다. 돈은 행복을 위한 필요조건이지 충분조건이 아니다. 충분조건은 자녀의 의지다. 부모의 의지가 아닌 자녀의 의지를 존중해 주자.

노래 가사와 같이 자녀를 사랑하고 있었다고 말하기 어려웠다. 자녀를 사랑하는 것이 아니라 나 자신을 사랑하고 있었다. 자녀를 사랑하기 위해선 나의 욕심을 인식하고 인정해야 했다.

진정한 사랑은 내가 자녀를 사랑하지 못하고 있다는 것을 인식하는 데서 시작된다.

아빠를 위해 하는 영어 공부

영어 학원을 끊고 피아노 학원에 다니며 즐겁게 치는 피아노

6

시간과 에너지가 없으면
자녀를 돌보기 힘들어요

지금은 폐지되었지만, 개그 콘서트라는 프로그램에 〈대화가 필요해〉라는 코너가 있었다. 아버지와 어머니, 아들 간에 대화가 없음을 코믹하게 연기하는 코너다. 김대희의 멘트인 "밥 먹자."라는 말이 유행했었다. 밥 먹을 땐 별말 없이 밥이나 먹자는 의미다.

가장 가까운 가족 사이에 왜 이렇게 대화가 없어졌을까? 어렸을 때 부모님은 두 분 모두 일을 하셨다. 유치원 땐 농사, 초등학교 땐 마트, 중고등학교 땐 피자와 치킨 가게를 하셨다. 성인이 되었을 땐 렌터카를 하셨다. 부모님은 항상 바쁘셔서 집에 계실 때가 별로 없었다. 당연히 부모님의 손길이 그리웠던 나는 부모님께 자주 연락했다. 바쁘셨던 부모님은 항상 날카로운 상태였고, 급한 일이 아니면 문자를 보내고 용건만 간단하게 말하라고 하셨다.

비단 우리 가족뿐 아니라 대부분 부모님이 맞벌이를 하셨다. 경제가 어려운 시대에 태어나 열심히 일해서 잘 먹고 잘사는 것이 가장 우선시 되었던 세대다. 금전적으로 어렵지 않게 자녀를 키우는 것이 삶의 가장 우선순위였다. 자녀와의 따뜻한 대화는 언제나 뒤로 밀려났다. 어렸을 때의 기억 때문이었을까? 아내와 데이트할 때 엄포를 내놓았다.

"난 한 달에 50만 원만 벌어도 가족과 함께하는 시간은 꼭 확보할 거야."

삶의 가장 우선순위는 가족이었다. 5억이 있어도 불행

할 수 있고 500원만 있어도 행복할 수 있다. 나의 원가정이 그랬다. 열심히 일하시는 부모님 덕분에 금전적으로 큰 어려움 없이 지냈다. 그 대신 어린 시절 부모님과 좋은 추억이 거의 없다. 항상 바쁘셨기 때문이다. 아버지와 목욕탕을 함께 가는 친구들을 보면 항상 부러웠었다. 친구들을 귀찮다며 싫어했는데 내 눈엔 참 좋아 보였다.

의도는 그렇지 않았겠지만, 자녀로선 돈과 가족이 함께할 수 있는 시간을 서로 맞바꾼 것처럼 보였다. 돈이 있어도 그다지 행복하지 않았음을 경험했기에 다시 대물림하고 싶지 않았다. 어린 자녀가 원하는 것은 돈도, 명예도, 아파트도 아닌 '부모'였다. 어느새 성인이 되고 가정을 꾸린 나는 가진 것에 자족하면서 사는 것이 행복임을 알게 되었다. 수많은 연예인, 부자의 자살과 타락한 삶은 무작정 돈과 명예를 좇는 것이 옳지 않음을 증명한다. 끝없이 가지려는 욕심, 이기심, 탐심이 문제다. 이 마음이 나를 가족과 멀어지게 한다.

자녀가 원하는 것은 부모 그 자체였기에 나와 아내 중 누군가는 주부의 역할을 맡아 가정을 지켜줘야 했다. 감사하게 아내가 주부 역할을 맡았다. 주부 역할이 아내의 성격과 스타일에 잘 맞았다. 사실 엄밀하게 말하면 주부는 월급 없는 직장이다. 다른 어느 직업보다 소중하고, 힘들고, 어렵다. 워킹맘을 존중하지만, 간혹 전업주부를 인생에 실패한 사람 취급하며 비하하는 시선을 보면 가슴이 아프다. 아이를 낳고 키우고, 빨래와 설거지를 하며, 가족을 맞이하고, 요리하는 모습은 정말 아름답다.

　가끔은 불공평하다고 생각한다. 남자는 아이를 가질 수도 없고 모유를 줄 수도 없다. 엄마만의 특권이다. 엄마만이 아이를 배 속에 품고 낳을 수 있다. 워킹맘이나 주부 모두 존중받아야 한다. 어느 한 편이 더 낫거나 부족하다는 시선은 바뀌어야 한다.

　아내는 서울에 있는 대학교를 졸업했다. 장학금을 네 번 받고, 학점 만점을 세 번이나 받은 아내는 주부라는 직업을 선택했다. 가끔 지인이 나보다 브레인인 아내를 왜 집 안에 가두고 사냐고 한다. 혹시나 하는 마음에 아내에게 하고 싶은 일이 있으면 언제든지 하라고 했다. 아내는 집이 좋다고 했다. 나랑 함께하는 일이 생기면 모를까 앞으로도 가정을 충실하게 지키겠다고 했다. 가정을 돌봐 주는 아내가 존경스럽고 항상 고마운 마음을 가지고 있다.

아내가 가정을 지켜주니 집에 들어오면 온기가 돈다. 아침 식사를 함께하고 온 가족이 서로 사랑하는 것을 최고의 가치로 여긴다. 서로 사랑하면서 지내다가도 나와 아내 모두 가끔 너무 힘든 날이 있다. 그럴 때 아내는 내가 일찍 퇴근하고 집에 돌아오기를 바란다. 반대로 나는 일찍 퇴근하고 집에 가서 쉬고자 하는 마음이 간절해진다. 이렇게 정신적·육체적 스트레스와 서로에게 위로받고자 하는 마음이 충돌했을 때 갈등이 생겼다. 나와 아내 모두 여유와 에너지가 없었다. 서로의 마음을 헤아릴 대화는 불가능했고 상대에게 요구하기 바빴다. 시간과 에너지가 있다고 항상 화평하진 않지만, 시간과 에너지가 없을 땐 여지없이 갈등의 상황에 놓여 버리고 말았다.

가족과 함께하는 시간이 더 필요했다. 몇 번의 이사 끝에 직장과 걸어서 10분 거리로 보금자리를 잡았다. 이사 전에는 출퇴근하는데 왕복 세 시간이나 걸렸다. 이미 버스와 지하철에서 많은 에너지를 쏟았기에 출근해서 100%의 에너지로 학생을 맞이할 수 없었다. 퇴근 역시 마찬가지다. 한 시간 삼십 분 동안 버스와 지하철에서 에너지를 빼앗겼다. 집에 도착하면 녹초가 되었다. 가끔은 아무 말도 하기 싫고 누워만 있고 싶었다.

직장 근처로 이사한 뒤, 출퇴근 시간으로 버려졌던 세 시간을 확보하게 되었다. 그만큼 시간과 에너지도 생겼다. 출근해도 가족이 가까이 있어서 심리적으로 편하다. 먼 거리에 있을 때는 아무래도 불편한 마음이었다. 아이가 아프거나 무슨 일이 생겼을 때도 돕기 어려웠다. 자녀 관련된 일이 아니라도 사랑하는 사람이 먼 거리에 있다는 사실 자체가 외로움을 준다. 사랑하는 사람이 가까이 있으니, 마치 옆에 있는 것 같아 마음이 편했다.

남편이든 아내든 퇴근 후 집에서는 '주부'다

출근했을 때만 직장인이다. 출근 전이나 퇴근 후는 직장인이 아닌 아내와 같은 주부다. 직장을 다닌다고 직장 외의 시간을 쉬는 시간이라고 생각하면 안 된다. 아이를 돌보고, 설거지하고, 빨래를 개는 등 가정 모든 일을 함께해야 한다. 가정에서 구성원들이 역할을 분담하면 더 좋다. 부모뿐만이 아니다. 자녀들도 집에서는 자신이 할 수 있는 일은 해야 한다. 엄밀히 말하면 집에서는 모두가 주부가 된다. 가정의 일은 모두 함께해야 구성원 모두 행복해진다.

서로 소통하고, 공감하고, 위로하려면 가족 중 누군가는 시간과 에너지가 필요했다. 에너지가 있다고 공감과 위로가 항상 가능한 건 아니다. 하지만 힘들거나 녹초가 되었을 때는 아무것도 하기 싫고 그저 누워서 핸드폰이나 하고 싶었다. 대화도, 위로도, 공감도 모두 에너지가 있어야 가능했다. 에너지는 시간이 있어야 생겼다. 아내가 일을 안 해서 많은 시간을 확보하고, 나는 직장과 가까운 집을 구해 세 시간의 여유가 생겼다. 이전보다 눈을 더 자주 마주치며 서로 더 사랑할 수 있게 되었다.

대화도 시간과 에너지가 있어야 가능했다.

다 함께 저녁 준비

캠핑은 우리 가족의 취미

7

상황에 따라 변하는 부모 마음

(아내랑 다툰 후)

"애들아, 방 정리하세요."

"나가서 놀기로 했잖아요."

"방 정리도 안 한 사람이 놀 자격이 있다고 생각해요?"

"알겠어요. 방 정리할게요."

아이들과 놀이터에 가기로 했다가 결국 못 갔다. 아내도 나도 마음이 상했기 때문이다. 사소한 일로 다퉜다. 문제는 불똥이 자녀들에게 튀었다. 부모와 같이 외출하려다가 괜히 불똥이 튀어서 놀러 가지도 못하고 방 정리를 하게 되었다. 당연히 아이들의 기분이 좋을 리 없다. 불만 가득한 표정으로 방 정리를 시작했다.

방 정리는 나의 무기와 같다. 자녀들이 말을 안 듣거나, 기분이 안 좋을 때 가장 많이 사용하는 무기다. 이 무기를 사용하면 아이들은 아무 말 못 하고 방으로 들어간다. 대신 분위기가 가라앉는다. 아이들은 어떤 마음일까?

"얘들아, 오늘은 특별 서비스 보너스~."
"마트에 가서 먹고 싶은 과자 고르세요!"
"와 진짜요? 네, 감사해요. 아빠!"

기분이 좋은 날이다. 배드민턴도 재미있게 치고 하루가 너무 행복했다. 이렇게 기분 좋을 때는 자녀들에게 한없이 잘해주고 싶다. 맛있는 과자도 사준다. 평소에는 젤리 같은 불량 식품은 절제시키는데 기분이 좋은 날은 제한이 없다. 젤리도 초콜릿도 아이스크림도 마음대로 골라도 된다.

이유는 무엇일까? 바로 '내' 기분이 좋기 때문이다. 기분이 좋으면 자연스레 딸들에게도 잘해준다.

"아빠 영상 더 보고 싶어요."
"흠… 아빠의 특별 서비스 보너스예요~."
"진짜요? 앗싸. 아빠 정말 감사해요."
"딱 10분만 더 보는 거예요."
"네, 알겠어요. 아빠 사랑해요!"

이뿐인가? 평소에 20분만 보던 영상에도 적용된다. 아빠의 기분이 좋으면 특별 서비스가 또 시작된다. 10분이 더 늘어난다. 아이들의 입이 귀에 걸린다. 기분 좋은 아빠 덕분에 신나는 날이다.

그럼, 기분이 안 좋은 날엔 어떻게 될까?

"아빠 영상 더 보고 싶어요."
"안 돼요. 약속을 지켜야지요."

"아 진짜요. 조금만 더 볼게요. 3분이면 끝나요."

"안 돼요. 그만 보세요."

"아, 제발요. 아빠."

"이번에 3분 더 보는 대신 내일부터 영상 보지 말까요?"

"알겠어요. 안 볼게요."

기분이 안 좋을 땐 가차 없다. 약속이라는 단어를 사용해 자녀에게 압박감을 준다. 아빠가 기분 좋을 때 약속을 안 지켜도 되고, 아빠 기분이 안 좋을 땐 잘 지켜야 하는 것이 약속인가 보다.

자녀에게 일관성 없이 대할 때가 많다. 이랬다가 저랬다가 한다. 자녀 입장에선 당황스럽다. 기분이 좋을 땐 영상도 서비스로 더 보게 해주고, 기분 나쁠 땐 영상 서비스도 없고, 방 정리를 시키며 욕심부린다고 혼낸다. 자녀들도 다 느낀다. '나'의 기분에 따라 행동이 다른 것을.

부모님이나 선생님 기분이 안 좋을 때는 긴장하고 조심해야 한다. 어린 시절에도 알았다. 어른들이 자신의 감정에 따라 다르게 행동한다는 것을. 기분이 좋을 때는 잘해주고, 나쁠 때는 엄하게 대한다.

부모 기분이 좋거나 좋을 일이 생겼을 때 자녀에게 잘해주는 마음과 행동에 과연 사랑이라는 단어를 사용할 수 있을까?

선행 사건이 없으면 자녀에게 잘해주거나 웃으며 대하지 않았을 텐데 과연 사랑했다고 할 수 있을까?

어쩌면 상황이 도와준 거다. 기분이 좋거나 좋은 일이 생겼을 때는 누구나 타인에게 잘한다. 로또에 당첨되었다고 가정해 보자. 지나가다가 똥을 밟거나, 누가 나를 툭 치고 가더라도 별로 신경 안 쓸 것이다. 로또에 당첨되었기 때문이다. 내 인격이 좋은 것이 아니라 로또 당첨이 내 마음을 너그럽게 한 거다.

진짜 사랑은 부모의 기분이 안 좋을 때 진가가 드러난다. 기분이 안 좋더라도 평정심을 유지하고 일관성을 가지고 자녀에게 대해야 한다. 또한 기분이 좋다고 들떠서 평소에 하지 않던 배려나 서비스를 남발하는 행동도 조심해야 한다. 기분이 좋아서 한 행위가 자신의 인격이라고 생각해서도 안 된다.

자녀는 부모의 일관성 없는 행동에 긴장하게 된다. 부모 기분에 따라 오늘은 또 무슨 일이 일어날지 모르기에 경직되고 눈치를 보게 된다. 부모 기분이 나쁘다고 자녀들까지 기분이 나쁘라는 법은 없다. 제일 큰 문제는 이 감정은 나비 효과처럼 다시 나에게 돌아온다는 것이다. 자녀에게 풀었던 부모의 부정적인 감정은 언제나 나에게 돌아왔다. 그 감정을 나는 다시 자녀에게 푼다. 이렇게 악순환이 되어 서로 복수하기 바쁘다. 행복한 가정은 먼 이야기가 되어 버린다.

자녀를 남처럼 바라봐야 한다

남한테 기분 나쁘다고 감정을 다 드러내진 않는다. 예의를 갖추고 필요한 말을 한다. 가족에게도 마찬가지다. 특히 자녀에겐 더 예의를 갖춰야 한다. 혹시 직장에서 안 좋은 일 때문에 기분이 좋지 않다면 자신의 감정을 가족들에게 솔직하게 이야기하는 것도 좋은 방법이다. 물론 자녀에 수준에 맞춰서 각색해야 한다. 아이들의 세계관을 너무 벗어나지 않는 정도에서 이야기를 나눠도 좋았다. 부모 자신의 망가진 감정을 종교나 취미, 배우자와의 대화를 통해 푸는 것이 가장 좋다. 만약 감정을 해소하지 못해 괜히 자녀에게 화를 내거나 짜증 내는 것보다 솔직하게 이야기하면 더 좋은 해결점이 생긴다. 부모는 자신의 감정을 이야기하면 어느 정도 해소된다. 그리고 자녀는 부모의 마음을 알게 된다.

가족은 가장 가까운 남이라는 생각으로 대하자.

아빠가 기분이 안 좋을 때 쓰는 무기 '방 정리'

8

수동적으로 키우고,
능동적으로 살길 바라는 부모

"온유야, 할머니가 신발 신겨 줄게."

"엄마 해주지 마세요."

"할머니가 이런 것도 못 해주냐?"

"대신 해주면 교육적으로 좋지 않아요. 능동성이 떨어지고 수동적으로 자라나요."

"그래 알겠다. 알겠어."

우리 엄마는 참 좋은 엄마다. 엄마의 도움이 없었으면 지금 딸들에게 이렇게 관심을 주지 못했을 거다. 자녀를 낳을 때마다 딸들을 봐주시고 집안일도 도와주셨다. 그런데도 가끔 부딪힌다. 손녀들을 너무 사랑해서 다 해주려고 한다. 가만히 있기 어려워하신다. 그러면 어머니께 꼭 말씀드린다.

"엄마, 도와주지 마세요."

자녀가 할 일을, 할 수 있는 일을 대신 해주는 것을 사랑이라고 착각한다. 미안한 이야기지만 자녀가 할 수 있는 일을 대신 해주는 것만큼 자녀를 망치는 길이 없다. 부모가 자녀의 일을 대신 해주면 자녀가 할 수 있는 일을 못하게 된다.

"자신이 할 수 있는 일을 못 한다고요?"
"이게 무슨 말이에요?"라고 물어볼 수 있겠다.

요즘 많은 사람들이 수동적이고 자신의 능력만큼 일을 수행하지 못한다. 사지 멀쩡한데 설거지도 못한다. 이뿐인가? 할 수 있는 일이 세상에 널렸는데 자신을 과소평가하고 스스로 숨는다. 여러 가지 이유가 있겠지만, 가장 큰 이유는 부모가 어렸을 때부터 자녀가 할 일을 대신 해줬기 때문이다.

자녀가 할 수 있는 일을 부모가 도와주면 '자신이 할 수 있는 일을 못 하게 된다.'

탯줄을 자르는 순간 아이는 부모와 떨어진다. 육체뿐만 아니라 정서도 분리되어야 한다. 부모는 부모고, 자녀는 자녀다. 시간이 흐르고 자녀가 성장할수록 점점 멀어져야 한다. 자녀의 나이와 정신과 신체를 고려하여 서서히 멀어져야 한다. 자녀가 스스로 설 수 있도록 도와줘야 한다. 온실 속 화초처럼 품 안에 넣고 양육하면 안 된다. 진정한 사랑과 교육은 자녀가 스스로 설 수 있도록 보조하는 것이다. 자립하여 자신의 삶을 개척하며 살아갈 수 있도록 도와줘야 한다. 대신해 주는 것은 도와주는 것이 아니라 자녀를 망치는 지름길이다.

더 무서운 건 부모가 수동적으로 키우면서도 자녀에게 능동적인 삶을 기대한다는 것이다.

수동적으로 키우고 자녀가 할 일을 대신 다 해주며 키웠으면 평생 해줘야 한다. 갑자기 성인이 되고 직장 잡을 때가 되니 왜 이 모양이냐고 타박하는 부모도 많다. 성인이 되면 갑자기 능동적이고 창조적으로 살길 기대한다. 자녀도 자기 일을 스스로 해야 한다는 것을 모르지 않지만 몸에 배어 습관이 되어서 그렇다. 그러니 자녀가 할 일은 자녀가 하도록 기회를 줘야 한다. 성인이 되었는데 어린아이처럼 사는 사람이 얼마나 많은가?

평소 자녀를 키울 때 자녀의 행동반경이 넓어지고 세계관이 확장되는 만큼 더 많이 능동적으로 행동할 기회를 제공해야 한다. 우리 안의 햄스터처럼 키워놓고 맹수처럼 살아가길 기대해선 안 된다.

능동적으로 키우는 일은 어렵지 않다. 가정에서 자녀가 할 수 있는 일은 스스로 하도록 기회를 주면 된다. 밥 스스로 푸기, 반찬 꺼내고 넣기, 설거지하기, 실내화 빨기, 이불 개기 등 어린아이들도 할 수 있는 일이 많다. 아쉽게도 주위 환경이 많이 못 따라 준다. 그래서 우리 가정은 밥솥을 주방 수납장 맨 아래쪽에 비치했다. 5살 때부터 스스로 자신이 먹을 만큼 밥을 폈다. 냉장고도 신중하게 구매했다. 상단은 냉장, 하단은 냉동인 냉장고를 구매하려다가 어린이도 쉽게 꺼내고 넣을 수 있도록 왼쪽은 냉동 오른쪽은 냉장이다. 냉장고 문은 4개다. 아래쪽 냉동과 냉장 모두 문이 있어서 자녀가 쉽게 여닫을 수 있다. 반찬을 꺼내고 뚜껑을 여닫고 다시 반찬을 냉장고에 넣는 일은 자녀들 담당이다.

어린이가 살기에는 손잡이도 너무 높다. 마음 같아선 손잡이도 연령대에 맞는 위치에 설치해 사용하고 싶다. 집안 환경도 자녀가 할 수 있는 일들은 최대한 스스로 할 수 있도록 바꾸면 좋다. 그래야 부모도 편하다. 요즘 자녀가 성인이 되었어도 걱정이 태산이 부모가 많다. 아직도 어린아이처럼 부모의 그늘 아래 있어서 그렇다.

평생 자녀 뒤치다꺼리만 하며 살고 싶지 않다. 성인이 되면 돈은 한 푼도 주지 않을 거다. 유대인의 재정 교육을 본떠서 성인이 되면 딸들에게 2,000만 원 정도를 줄 예정이다. 지금도 사정이 넉넉하지 않지만, 조금씩이라도 모으려고 적금을 들었다. 우리 가정 제정 수준에 맞게 사회 나가기 전 최소한의 자금이다. 성인이 되면 가정에서는 식주만 해결해 줄 거다. 자신에게 필요한 돈은 스스로 벌며 살도록 교육한다. 대신 성인이 되어서 제구실 할 수 있도록 열심히 양육하고 있다.

세상에 공짜가 없다

아무 대가 없이 단 한 번도 돈을 준 적이 없다. 자본주의 사회에서 노동의 대가로 돈을 번다는 사실은 가장 기본적으로 통용되는 법칙이다. 노동의 대가로 돈을 번다는 사실을 가정에서 가르친다. 작은 일이더라도 자녀들이 할 수 있는 일을 제공해 준다. 그리고 그 일을 완수했을 때 자녀 나이대에 맞는 용돈을 준다. 사회에서 누가 대가없이 돈을 주는가?

'할 수 있는 일은 그 무엇도 대신 해주지 말자.'

의자에 올라가면 설거지도 할 수 있어요

스위스 심리학자인 앨리스 밀러의
『당신 자신을 위하여(For your own good)』

"유해한 교육"

1. 어른은 어린아이(의존적인)의 주인이다.

2. 어른은 하나님처럼 옳고 그름을 결정한다.

3. 어른을 화가 나게 하는 것은 아이의 책임이다.

4. 부모는 항상 보호되어야 한다.

5. 아이들이 자신의 진실한 감정을 갖는 것은 전제군주인 부
   모에게 위협적인 일이다.

6. 아이의 의지는 가능한 한 빨리 '깨져야' 한다.

7. 이상의 모든 일들은 아이가 알아채지 못하도록, 어른들의
   의도를 폭로하지 못하도록 아이가 아주 어렸을 때 행해져
   야 한다.

2장

사랑한다고
했던 행동이
아이에겐
상처가 될 수 있어요

1

차별하지 않는 부모, 차별받는 자녀

"아빠, 나랑 배드민턴 칠 때도 웃으면서 쳐 줘."

"아빠가 사랑이랑 칠 때는 안 웃으며 쳤어?"

"응, 온유랑 칠 때만 계속 웃으면서 쳤어."

"미안해, 사랑아! 이제부터 웃으면서 칠게!"

내 취미는 배드민턴이다. 지금은 셋째가 어려서 함께 치기 어렵지만 셋째가 자라면 가족 모두 함께 즐겁게 배드민턴을 치고 싶다. 딸들과 가끔 배드민턴을 치는데 사랑이가 아무래도 나이가 더 많고 운동을 좋아해서 금방 배운다. 온유는 집순이다. 사랑이와 반대로 밖에 나가는 걸 별로 좋아하지 않고 집에서 소꿉놀이를 자주 한다. 사랑이는 틈만 나면 나가서 논다. 자전거도 자주 타고 항상 뛰어다닌다. 심지어 운동 신경도 좋다. 어린 나이에 비해 배드민턴을 잘 친다. 사랑이랑은 네트를 가운데 두고 주고받기가 가능하다.

온유는 배드민턴을 시작한 지 얼마 안 되었고 초보라서 내가 공을 줘도 다섯 번 중의 세 번은 헛스윙을 한다. 그 모습이 정말 웃긴다. 헛스윙을 하고 배드민턴공이 머리에 맞을 때는 더 웃긴다. 그래서 온유랑 칠 때는 계속 웃으면서 친다. 반대로 사랑이는 잘 치니까 기대하는 마음이 더 커서 그런지 가르쳐 주며 치게 된다. 부족한 부분이 있으면 바로 피드백을 해 준다.

사랑이랑 십 분, 온유랑 십 분 번갈아 가면서 배드민턴을 쳤다. 즐겁게 운동을 하는데 사랑이가 갑자기 날 부르더니 "아빠, 나랑 칠 때도 웃으면서 쳐 줘."라고 말했다. 당황했지만 일단 사과하고, 온유랑 치면서 왜 웃으면서 쳤는지 설명했다. 생각해 보니 나도 모르게 사랑이에게는 굳은 표정으로 배드민턴을 가르쳐 주고 있었다. 온유랑은 웃으면서 즐겁게 치고, 사랑이랑은 굳은 표정으로 치니 차별받는다고 느꼈던 것 같다. 그 후 사랑이랑 치면서 웃을 상황도 아닌데 웃으면서 즐겁게 배드민턴을 쳤다.

온유에게는 특별한 가르침 없이 노는 듯이 배드민턴을 쳤고 사랑이한테는 하나하나 가르쳐주면서 쳤다. 난 차별하지 않았는데 사랑이는 차별받는다고 느꼈다. 나로선 오히려 사랑이에게 더 애정을 가지고 열심히 가르친 거였는데 아빠의 열정과 애정을 사랑이는 차별이라고 느꼈다. 사랑이가 원하는 것은 배드민턴의 기술을 습득해서 고수가 되는 것이 아니라 아빠와 웃으면서 즐겁게 배드민턴을 치는 것이었다.

"열 손가락 깨물어서 안 아픈 손가락 없다."라는 속담은 오롯이 부모의 입장을 대변한 속담이다. 부모는 차별 없이 대해도 자녀는 차별받는다고 느꼈다. 부모는 전혀 차별하려는 의도가 없었지만, 외적으로 나타나는 행동에는 차별이 보였다.

열 손가락이든, 백 손가락이든, 깨물면 당연히 아프다. 이 속담은 사실이다. 그렇지만 진실은 아니다. 어떤 손가락은 세게 깨물 수 있고, 어떤 손가락은 살살 깨물 수 있다. 또한 쓰임새 측면에서도 손가락은 차별을 느낄 수 있다. 엄지손가락은 최고나 따봉을 표현할 때 사용하고, 중지는 욕할 때 사용한다. 중지 입장에선 차별이라 느낄 수 있다. 중지는 자신을 사용할 때 사람들이 최고라고 느끼길 바랄 수 있다.

"사랑이 아빠 좀 바꿔줘 봐~."
"사랑이 아빠한테 물어봐봐."
"사랑이 아빠 어디 갔니?"
"사랑이 아빠 밥 먹으라고 해라."

부모님은 나를 부를 때 '사랑이 아빠'라고 부른다. 내가 어렸을 때 친척 어른들은 아버지를 부를 때 '성진이 아빠'라고 부르셨다. 사랑이와 나는 첫째이기 때문이다. 둘째 입장은 어떨까? 자기 아빠이기도 한데 언제나 언니 이름을 붙여서 아빠를 부른다면 서운한 마음이 들 수 있다. 친척들은 첫째와 둘째를 차별하는 마음 없이 부른다. 그런데도 둘째는 차별받는다고 느낄 수 있다. 다른 사람은 몰라도 양가 부모님께는 첫째의 이름만 부르지 말아 달라고 부탁드렸다. 감사하게도 사정 설명을 하니 이해해 주셨다.

내 동생은 어렸을 때 "엄마는 오빠만 좋아하고." 이런 말을 자주 했다. 황당한 말이다. 학창 시절에 나는 내놓은 자식이었고 온갖 지원과 관심은 동생에게 있었다. 그런데 엄마가 날 더 좋아한다니? 이해가 되지 않았다. 그 당시에는 동생이 한 말이 이해되지 않았지만, 지금은 동생의 말이 이해된다. 첫째와 둘째 사이에 긴장이 있음을. 엄마가 오빠만 좋아한다는 말은 엄마는 오빠만 '신뢰' 한다는 말이었다. 굳이 이야기하지 않아도 평소 부모님 말씀과 모습에서 첫째를 향한 신뢰가 보였다. 동생은 아무래도 어리다 보니 신뢰보단 보살핌을 받는 존재로 성장했다. 동생에겐 보살핌보다 믿음의 눈으로 바라봐 주는 것이 필요했다. 나만 그런 줄 알았는데 아내도 마찬가지였다. 처제에게 더 많은 관심과 보살핌이 있었는데 처제는 언니만 예뻐한다는 말을 자주 했다고 한다. 비슷한 경우다.

온유 생일파티에 함께 가다

"엄마, 맨날 언니 친구들만 집에 와요."
"제 친구도 집에 초대했으면 좋겠어요."

사랑이가 온유보다 어린이집을 먼저 다니다 보니 온유보다 친구들이 빨리 생겼다. 직장 근처로 이사 오고 나서 사랑이가 처음 사귄 친구들이다. 감사하게 아이들도 너무 착하고 어머님들도 좋은 분들이셨다. 아내 성격이 내향적인데 사랑이 친구 어머님들께서 잘 이끌어 주신 덕분에 새로운 동네에 잘 적응했다. 서로 집에 초대하기도 하고 키즈 카페도 함께 갔다. 사랑이는 항상 즐거워했다.

온유는 상대적으로 친구들과 놀 기회가 적었다. 매번 사랑이 친구들이 집에 놀러 오니, 자기 친구도 초대하고 싶다고 했다. 온유의 이야기를 듣고 아내에게 온유 친구들도 초대하자고 부탁했다. 온유 친구들도 초대하려면 친구 어머니와 연락도 해야 하는데 아내는 부담스러워했다. 평소에도 새로운 사람을 만나기보다 혼자 있는 시간을 즐기는 아내라 처음 보는 사람에게 연락하며 만나자는 것이 선뜻 내키지는 않았나 보다.

감사하게도 아내가 나의 제안을 이해해 줬다. 사랑이가 어린이집에 다니며 자연스럽게 생긴 친구들을 초대한 거라 당연히 아내는 차별하려는 마음이 조금도 없었다. 하지만 온유 입장에서는 차별이라고 느낄 수 있다. 중요한 것은 자녀의 감정과 입장이다. 아내는 어린이집에서 온유와 친한 친구 어머니 연락처를 받아서 온유 친구도 집에 초대했다. 온유는 그 어느 때보다 즐겁게 놀았다. 드디어 조연에서 주연이 되었다.

어느 날 온유가 친구 생일파티에 초대받았다. 친구 엄마들도 함께하는 자리였다. 아내는 임신 중이고 유산 위험이 있어 함께 갈 수 없는 상황이었다. 엄마 없이 온유만 보내기 미안했다. 어떻게 할까, 고민하다가 결국 아빠가 같이 가기로 했다. 온유가 참 좋아했다. 온유 친구 어머님들도 우리 가정의 상황을 이해해 주셨다. 그렇게 온유 친구와 어머님들과 키즈 카페에 가고 친구 집에 가서 생일파티를 했다. 쉽지 않은 결정이었지만, 그동안 사랑이 친구를 집에 많이 초대해서 온유에게 항상 미안했다. 생일파티에 함께해서 온유 마음이 조금이나마 위안이 되었으면 한다. 키즈 카페에서 아이들과 잡기 놀이도 하고 재미있게 놀았다. 온유는 정말 좋아했다.

부모의 행동이나 언어가 자녀 입장에서 어떻게 들리고 해석되는지 고려해야 한다. 물론 모든 상황에서 자녀가 어떻게 받아들이는지 고려하며 대하기는 어렵다. 적어도 부모가 차별할 수 있는 사람이란 것을 인정하고 인지해야 한다. 그래야 조금이나마 차별하지 않고 키울 수 있다. 자녀가 차별받으면 상처받는다. 그 상처는 가족에게 전파된다. 특히 형제자매에게 돌아갈 가능성이 농후하다. 부모와 자녀의 관계는 애증의 관계로, 형제자매는 경쟁 관계로 굳어질 수 있다. 차별받은 자녀는 부모에게 인정받기 위해 행동한다. 부모에게 차별 받지 않고 관심을 받을 수 있기 때문이다. 부모가 말로만 차별하지 않는다는 것은 의미가 없다.

자녀를 차별하지 않는다고 생각하고 행동해도 자녀는 차별받을 수 있다.

눈치 보는 부모와 상처받는 자녀

"친구 좀 봐봐. 잘 걷고 있잖아."

"아이가 참 잘 걷네요. 몇 개월 되었나요?"

"아, 10개월 되었습니다."

"너보다 늦게 태어났는데 잘 걷잖아. 넌 걷지도 못하고 넘어지고 이게 뭐니~."

"하하 우리 아이가 좀 걷는 게 느려요~."

첫째 딸 사랑이 돌이 다가와서 돌잔치 업체를 알아보고 있었다. 사랑이가 10개월쯤 되었을 때 아내와 함께 돌잔치 업체에 방문했다. 시식도 하고 관계자에게 돌잔치 관련 사항에 대해 안내 받았다. 그러면서 돌잔치를 알아보려고 방문한 다른 가족과 한 공간에 있게 되었다. 사랑이가 혼자 돌아다니고 나와 아내는 그런 사랑이를 흐뭇하게 바라보고 있었다. 꼭 그런 건 아니지만 대체로 남아보다 여아가 빨리 걷는다. 말 역시도 여아가 더 빠른 경우가 많다. 사랑이는 여아라서 그런지 10개월 되었을 때 아장아장 걸어 다녔다. 넘어지기도 하면서 잘 돌아다녔다. 돌잔치 업체에서도 호기심 많은 얼굴로 여기저기 혼자 다니면서 탐색했다.

옆에 있던 아이 엄마가 사랑이를 보더니 자기 자녀에게 한마디 했다.

"너는 걷지도 못하고 뭐 하고 있어~."
"우리 아이가 걷는 게 좀 느려요."

잘 놀고 있는 아이에게 불똥이 튀었다. 자신의 아이가 걷는 게 느리다고 나와 아내에게 이야기해줬다. 물어보지도 않았는데 왜 아이가 잘 걷지 못한다고 이야기했을까.

사랑이가 잘 걷는 모습을 칭찬하려고 했을까? 아니면 자신의 자녀는 걷지 못하는 상황이 뻘쭘했을까? 이유야 어쨌든, 돌도 안 된 아이가 부모에게 그런 면박을 당할 잘못을 했는지 의문이다. 아이마다 발달 속도가 모두 다른데 그리고 곧 걸을 텐데. 자녀에게 그렇게 말하면 안 된다. 이 상황이 별일 아니라고 생각할 수 있지만, 중요한 상황이다. 왜냐하면 그런 태도와 자세를 견지하면 자녀가 커서도 존중하지 못할 확률이 높기 때문이다. 가장 가깝고 소중한 건 가족인데, 한 번 보고 안 볼 사람 때문에 굳이 자녀에게 면박 줄 필요가 있었을까?

"온유야, 삼촌 뽀뽀~."
"으아아아아아앙!"
"온유야, 삼촌 민망하겠다."
"그래, 온유야. 삼촌이 좋아서 그러는 거야. 뚝, 그쳐야지~."

지인과의 모임이 끝나고 집에 가려는 상황이었다. 온유는 아직 어려서 낯을 가리고 있을 때인데 지인이 온유에게 뽀뽀해달라고 했다. 낯선 사람이 다가오니까 온유가 갑자기 울기 시작했다. 지인은 민망해했다. 옆에 있던 누군가가 온유에게 이야기했다.

"삼촌 민망하게 울면 어떻게 해, 온유야~."

온유는 약간 겁에 질린 표정으로 계속 눈물을 흘렸다. 나와 아내도 민망해서 온유를 다그쳤다. 온유가 너무 울어서 대충 인사하고 헤어졌다. 차를 타고 집에 가면서 생각해보니 온유 입장에서는 참 당황스러웠을 것이다. 아직 탐색이 끝나지도 않은 사람이 와서 뽀뽀하려고 하니 많이 놀랐다. 어른의 세계에서는 갑자기 타인에게 뽀뽀해 달라고 하지 않는다. 온유는 어리니까 뽀뽀해 달라고 한 것이다.

나 역시도 돌잔치 때 만났던 분과 다르지 않았다. 민망하거나 어색한 상황을 못 견뎠다. 괜히 민망할 때 옆에 있는 사람에게 뭐라고 하듯이 자녀에게 그 탓을 돌렸다. 아직 걷지 못하는 아이와 당황스러워서 우는 온유 모두 잘못 없다. 다만 일어난 상황에서 성숙하고 어른답게 행동하지 못한 부모의 잘못이었다.

가까운 사람일수록 더 소중하게 생각하고 존중해야 하는데 실상 우리의 삶은 그렇지 못한 경우가 많다. 그중 하나가 부모가 자녀를 대하는 태도! 특히 자녀가 어릴수록 존중하지 못한다. 가장 큰 이유는 아마도 어려서다. 어리니까 못 알아듣고, 어리니까 잘 모를 테니 하는 생각으로 조심하지 않고 대한다. 가족을 너무 편하게 생각하는 것도 하나의 이유가 될 수 있다.

지금 친해 보이고 가까운 사람도 가족처럼 한집에서 함께 살면 다툴 수 있다. 간혹 가정을 뒤로하고 친구들과 술자리를 오래 하는 사람들을 본다. 사랑했던 아내와는 잘 맞지 않고 친구들이 더 잘 맞는다고 한다. 잘 맞는 친구와 아내처럼 함께 살면 관계가 유지될지 장담할 수 없다. 남이니까, 오히려 상관없으니까 편하고 잘 맞는 것처럼 보인다. 자녀도 마찬가지다. 남의 자녀는 예뻐 보인다. 내 자녀도 남처럼 조금 멀리서 떨어져 보면 예뻐 보인다. 너무 가까이 밀착되어 있어서 그렇다.

남 눈치 보듯 가족 눈치 좀 보면 얼마나 더 행복해질까?

3

또 인형 놀이?

"딸들, 아빠가 선물 사줄게. 이마트 고고~."

"와, 신난다!"

"아빠, 저 인형 놀이 살래요."

"또 인형 놀이야? 집에 많이 있잖아."

"그래도 사고 싶어요~!"

"…"

장난감을 잘 사주지 않는다. 처가와 본가에서 자주 사주
시기도 하고 여기저기 지인들이 물려준 게 산더미같이 많

기 때문이다. 그나마 생일 때나 사준다. 장난감이 계속 쌓이다 보면 처리하는 것도 만만치 않다. 우리 가족은 생일 선물을 항상 같이 사준다. 사랑이 생일 땐 온유 선물도 사주고 온유 생일 땐 사랑이 선물도 사준다. 아직 어려서 차별이라 느낄까 봐 그렇다. 사랑이 생일 때 온유에게 이야기했다. "온유야, 너도 생일이 되면 선물 사줄 거야." 이렇게 설명을 해줬는데 이해는 해도 인정을 못했다.

온유 생일이 되어서 함께 이마트에 갔다. 가격 상한선을 정해주고 자유롭게 고르라고 했다. 우리 집의 키워드 중 하나가 바로 '자유' 아니겠는가? 자유 없인 사랑이 불가능하다고 생각하기에 다른 가정에선 상상하기 힘든 자유를 허락한다. 가령 겨울에 반바지를 입고 외출하거나 자기 머리를 스스로 자르게 하고, 놀이터에서 맨발로 노는 것 등을 허용한다. 운동복에 구두를 신기도 하고, 이상한 패션으로 밖에 나가서 놀기도 한다. 윤리적으로 문제가 없고 자기 몸에 큰 해가 없으면 대부분 허용한다. '선택'과 '책임'이 핵심이다. 나이 대에 맞는 기회를 주고 스스로 선택하게 한다. 선택에 대한 예상 결과를 이야기해 주고 책임은 반드시 자신이 지도록 한다.

하지만 인형 놀이는 너무 꼴 보기 싫었다. 다른 자유는 존중해도 인형 놀이만은 이제 그만 샀으면 했다. 분명 몇 번 가지고 놀다가 안 놀 테고, 집안 여기저기 어질러 놓을 모습이 그려졌다. 그런데 또, 또, 또! 인형 놀이다. 똑같은 장난감을 왜 이렇게 많이 사는지. 정말 돈이 아깝고 봐주기가 어려웠다. 점점 인형 놀이가 싫어지기 시작했다. 혼자 인형을 보고 '넌 누군데 우리 집에 온 거야!' 속으로 외친 적도 있다. 감히 우리 딸들을 꾀어서 또 구매하게 하다니, 원수가 따로 없었다. 그런데도 인형은 날 놀리는 것처럼 반짝이는 눈으로 날 바라봤다. 괜히 나만 열받고 인형은 행복해 보였다. 그 정도로 인형 놀이가 집에 많이 있었다.

제발 인형 놀이 말고 다른 걸 골라라.

"사랑아, 레고 어때?"

"레고는 별로야."

"사랑아, 그러면 경찰 놀이를 사보자."

"경찰 놀이는 남자애들이 노는 거잖아!"

"여자 경찰도 많아~. 그리고 그런 편견은 좋지 않아."

"난 경찰 싫어!"

결국 인형 놀이를 구매했다. 그것도 사랑이 온유 둘 다 인형 놀이를 골랐다. 기분 좋게 선물 사주러 갔다가 나 혼자 꿍하고 나왔다. 딸들은 뭐가 재미있는지 처음 보는 인형 놀이처럼 재미있게 놀았다. '그래. 딸들 즐거우면 됐지, 뭐…' 스스로 위안했다.

인형 놀이를 보며 내가 너무 스트레스받으니까 어느 날 아내가 이야기했다.

"여보, 자세히 보면 조금씩 달라요."

"그리고 한 가지만 잘해도 된다고 했잖아요. 그러면 기회를 줘야지요!"

아내 말이 맞았다. 집에 있는 인형 얼굴을 자세히 보니 조금씩 달랐다. 완전히 똑같은 인형은 하나도 없었다. 관심 없이 보니 똑같이 보였다. 나는 대충 봐도 딸들은 눈, 코, 입 하나하나 주의 깊게 보고 다른 부분을 알고 있었다. 관심의 정도가 달랐다. 내가 보기 싫은 거지 딸들은 괜찮았다. 내가 문제였다. 인형 놀이도, 딸들도 아무 문제없었다.

한 가지를 잘하려면 한 가지에 몰두해야 했다. 그럼 한 가지(인형 놀이)에 몰두해야 한다. 한 가지에 몰두하면 다양한 경험을 시키려 하고, 다양한 것에 관심을 가지면 한 가지라도 잘했으면 했다. 내 마음인데도 도대체 어떤 마음인지 이해가 안 된다. 인지부조화다.

자유롭게 한 가지만 가지고 놀더라도 행복하면 그것이 놀이의 가치 아니겠는가?

아빠가 제일 싫어했던 인형 놀이

이제는 함께 인형 놀이를 해요

거봐, 아빠 말 안 들으니까 그렇지!

"사랑아, 온유야 밥 먹을 시간 됐다."

"아빠, 조금만 더 놀고요."

"그래, 5분만 더 놀고 밥 먹자."

"(5분 후) 사랑아, 온유야 이제 밥 먹자~."

"조금만 더 놀고 싶어요."

"이제 안 나오면 밥 안 준다!"

"알겠어요, 알겠어요, 나갈게요~."

우다다다다 쿵!

"으아아아아아아아아앙!"

"거봐, 아빠 말 안 들으니까 그렇지! 빨리 와서 밥 먹어!"

"거봐, 아빠 말 안 들으니까 그렇지!" 자녀에게 자주 하는 말 중 하나다. 이렇게 자녀에게 잔소리하고 나면 딸들은 서러워서 그런지 더 운다. 우는 모습을 보면 짜증이 나서 그런지, 뭘 잘했냐고 다그치며 더 혼낸다. 이런 실수를 반복하며 지냈다. 말을 안 듣다가 무슨 일이 생기면 지적하고 싶은 욕구가 머리끝까지 차오른다. 사실 어렸을 때 나도 엄마가 "엄마 말 안 들으니까 그렇지!" 하면서 다그치면 기분이 안 좋았다. 기분이 안 좋은 것을 넘어 엄마가 미웠다. 엄마 말을 안 들어서 넘어지거나 다친 것은 아니지만, 엄마 말을 잘 안 들은 것은 맞는 지적이기에 아무 대꾸도 못 했다. 뭔가 아닌데 맞는 것 같은 느낌이라고 해야 하나? 지금 부모가 되니까 조금 더 선명하게 보인다.

인과관계가 명확하지 않다

만약 딸이 내 말을 잘 들었다고 가정해 보자. 말을 잘 들고 밥 먹을 시간에 맞춰서 나오다가 문에 부딪혔다면, 내 말을 잘 들어서 부딪힌 것일까? "거봐, 아빠 말 잘 들으니까 그렇지!"라고 이야기할 리 없다.

물론 말을 잘 듣지 않고 급하게 나오다가 부딪혔을 수도 있다. 그러나 말을 잘 듣지 않고 천천히 나와도 부딪힐 가능성, 부모 말 잘 듣고 급하게 나오다가 부딪힐 가능성, 부모 말 잘 듣고 천천히 나오다가 부딪힐 가능성이 있다. 냉정하게 판단하면 인과관계가 명확하지 않다. 난 이미 딸이 말을 잘 안 들어서 기분이 나빴고 거기에 나오다가 머리까지 부딪히니까 더 화가 난 거다.

'거봐.'라는 단어는 국어사전에 '어떤 일이 자기 말대로 되었음을 나타낼 때 쓰는 말.'이라고 나온다. '거봐.'라는 말이 성립되려면, 그전에 "아빠 말 안 듣고 늦게 나오면 문에 머리 부딪친다."라고 말해야 했다. 그 후 머리를 부딪치면 "거봐~." 라는 말에 정당성이 부여된다.

그 후 아내와 이 사건에 관한 이야기를 나누고 인과관계가 명확하지 않은 것은 함부로 말을 내뱉지 말자고 다짐했다. 혹시 인과관계가 명확하더라도 먼저 공감과 위로를 하기로 했다.

비슷한 상황이 발생했다. 아이들이 샤워를 온종일 하고 있었다. 식사 시간이 되어 빨리 나오라고 했는데 조금만 더 논다고 했다. 결국 엄한 목소리로 빨리 나오라고 했고 나오다가 넘어지자 이내 울음이 터졌다. 그 모습이 왜 그렇게 꼴 보기가 싫었는지. 공감과 위로를 해주려고 했는데 화가 나서 차마 말이 안 나왔다. 대신 지적하고자 하는 충동은 꾹 참았다. 표정까지 감추진 못했다. 얼굴은 상기 되었고 이미 딸들은 분위기를 다 파악했다. 지적은 안 했지만, 공감과 위로를 해주지 못했다. 기분이 안 좋을 때 공감하고 위로해 주기 너무 어려웠다.

몇 번 실패를 반복했지만, 아내랑 문제를 인식한 후에는 서로 돕는다. 내가 화가 더 많이 나면 아내가, 아내가 더 화가 나면 내가 먼저 딸들에게 공감과 위로를 해준다.

자녀가 말을 안 들어 좋지 않은 상황이 일어났을 때 나의 반응은 주로 세 가지였다.

첫째, 내 말을 듣지 않아서 지금의 일이 일었다는 결과론적 지적.

둘째, 말로 지적하진 않았지만, 얼굴이 상기되어 있는 모습.

셋째, 자녀가 다친 것이 걱정되어서 괜찮냐고 하며 위로를 해주는 것.

세 가지 상황을 다 겪어봤고 자녀의 반응도 잘 살펴봤다. 첫째보단 둘째, 둘째보단 셋째를 선택할 때 훨씬 빨리 상황이 정리되고 자녀가 안정을 찾았다.

부모는 신이 아니다. 자녀 앞에서 괜히 신처럼 행동하지 말자. 사회에선 자신의 부족함을 잘 인정하면서 왜 가정에서만 완전무결한 사람처럼 행동할까. 부모는 신도 아니고 예언자도 아니다. '거봐.'라는 말을 함부로 사용하지 말자. 자녀는 부모의 삶을 안다면 '거봐.'라는 말을 얼마나 많이 사용하고 싶을까?

"거봐, 아빠(엄마) 주식 욕심부리더니 그렇게 될 줄 알았어."
"거봐, 아빠(엄마) 야식 많이 먹으면 살찐다고 했지."
"거봐, 아빠(엄마) 무리해서 운동하니까 다치지."
"거봐, 그러니까 엄마(아빠)랑 또 싸우지."

이렇게 부모도 부족하고 연약하다. 자녀가 부모의 삶을 다 안다면 할 말이 얼마나 많을까? 자녀가 모를 거라 생각하지 말자.

나도 어렸을 때 부모의 삶을 어느 정도 알고 있지 않았는가?

갑자기 나오면 부딪치기 딱 좋은 상황

5

말하기 전에
부모의 행동을 돌아봐요

"언니, 아빠 동영상 본다!"

"뭐야 우리는 보지 말라고 하면서 아빠는 왜 봐요."

"아니다. 아빠 계속 영상 보세요."

"온유야, 우리도 동영상 보자~."

거실 베란다에서 자녀 몰래 유튜브 동영상을 보다가 딱
걸렸다. 동영상에 빠져서 딸들이 오는지도 몰랐다. 바로
동영상을 끄고 카톡 하는 척했는데 이미 핸드폰이 가로로
되어 있어서 빼도 박도 못했다. 아이들이 처음에는 아빠

는 왜 동영상을 보냐며 보지 말라고 했다. 그 후 잠시 고민하더니 계속 동영상을 보라고 했다. 딸들은 아빠가 영상을 보면 자기들도 볼 수 있다는 당위성이 생긴다고 생각했는지 이내 영상을 계속 보라고 하면서 자기들도 영상을 본다고 했다. 보지 말라고 할 수도 없고, 보라고 할 수도 없는 난처한 상황이 되었다. 갑자기 식은땀이 흐르기 시작하며 이 상황을 어떻게 헤쳐 나갈까 고민했다.

"아빠 이제 동영상 안 볼게! 우리 보지 말자~."
"지금까지 동영상 봤으니까 그만큼 우리도 봐야지!"
"…"

사랑이와 온유가 한통속이 되어 나를 몰아붙였다. 어쩔 수 없이 영상 시청을 허용했다.

평소 핸드폰은 하루에 20분만 하기로 약속했다. 딸들은 가끔 핸드폰을 더 하고 싶다고 이야기했는데 내 모습이 미끼가 된 셈이다. '자녀는 부모가 하라는 대로 하지 않고 하는 대로 한다.'라는 이야기가 딱 들어맞는 순간이다. 딸들은 내가 하라는 대로 하지 않고 하는 대로 동영상을 시청했다. 부모가 자녀에게 모범적인 행동을 보이지 않으면 결국 어미 게가 옆으로 걸으면서 아기 게에게 똑바로 걸으라고 가르치는 것과 마찬가지였다. 말로만 지도하는 것은 한계가 있었다.

내가 했던 말이 다시 나에게 화살이 되어 돌아왔다. 나만 자녀를 보고 있는 것이 아니라, 자녀도 날 보고 있었다. 내가 자녀에게 훈계한다면 자녀도 나에게 훈계를 할 수 있었다. 어렸을 때의 일이 문득 떠오른다. 어느 날, 부모님께서 방을 깨끗하게 정리하라고 하셨다. 그런데 평소에 부모님의 방도 정리가 안 되어 있었다. 나에게 방을 정리하라고 하셨을 때도 부모님 방은 깨끗하지 않았다. 이런 상황 자체가 이해되지 않았다. 안방도 더러운데 내 방을 예쁜 마음으로 정리하기 어려웠다. 속으로 불만이 가득한 상태로 방 정리를 시작했다. 내 마음이 정리되지 않았기에 방 정리가 쉽지 않았다. 그리고 부모님에 대한 신뢰는 조금씩 떨어지기 시작했다.

나는 왜 부모님께 아무 말도 못 했을까?

부모님이 무서웠기 때문이다. 특히 아버지가 무서웠다. 아버지는 권위적이었고 아버지의 말씀은 무조건 옳았다. 이처럼 부모가 엄하거나 권위적이면 겉으론 표현 못 해도 속으로 비판한다. 권력이라는 힘 때문에 자녀가 불만이나 하고 싶은 말을 못 하면 속에서 곪아 썩을 수 있다. 지금 우리 가정에선 권위보다는 평등과 자유를 중요시한다. 그러니 아이들도 하고 싶은 말을 자유롭게 한다. 부모 의견에 동의하지 못하면 자기 생각을 자유롭게 이야기한다. 그렇기에 발언할 때 신중해야 한다. 그리고 내가 한 말을 자녀가 듣기 전에 내가 먼저 듣는다. 당연히 나에게 먼저 적용되어야 한다.

부모가 자식은 못 가르친다는 말이 있다. 수능을 준비하려고 종합 학원에 다녔을 때 이야기다. 서울대를 졸업한 언어 영역을 가르치는 강사님이 계셨다. 강사님에게 "강사님 자녀는 좋겠어요. 아빠가 수능 강사고 언어 영역을 잘 가르쳐 줄 수 있어서요. 1:1 과외를 언제나 받을 수 있으니 정말 복 받은 것 같아요." 이렇게 말하며 부러워했다. 강사님께서는 자녀가 언어 영역은커녕 일상적인 가르침도 안 듣는다고 하시며, 자녀는 부모가 못 가르친다고 하셨다.

강사가 학원에서 가르치는 지식은 학원생이 잘 듣고 배우는데 왜 자녀는 잘 배우지 못할까? 집에선 자녀가 부모의 일거수일투족을 다 보고 있기 때문이다. 부부끼리 싸우는 모습, 퍼져있는 모습, 소파에 누워서 핸드폰 하는 모습, 게임하는 모습(요즘 핸드폰 게임을 하는 부모가 많다고 한다.), 술 먹고 술주정하는 모습 등 학원생 앞에선 보이지 않는 모습을 집에선 보이기 때문이다. 학원생 앞에서처럼 단정하고 준비된 모습을 자녀에게 보여준다면, 자녀 역시도 부모 말에 자발적으로 순종하거나 가르침에 따르지 않겠는가?

부모나 교사, 혹은 종교에서 가르치는 내용을 보면 다 좋고 선한 내용이다. 그런데도 왜 세상에 이렇게 범죄와 악이 가득할까? 지식이나 말로는 한계가 있기 때문이다.

범죄자도 대부분 범죄가 나쁜 것을 모르고 저지르지 않는다. 아는 것과 행동의 불일치다. 타인의 말을 들었을 때 수긍하고 변하는 사람도 있다. 그런 사람은 이미 훌륭한 사람이다. 사람은 보통 말로 변하지 않는다. 왜냐하면 말은 누구나 할 수 있기 때문이다. 옳은 말은 누구나 할 수 있다. 어린아이나 범죄자도 옳은 말은 할 수 있다. 범죄자가 옳은 말을 할 때 누가 귀 기울여 듣겠는가? 옳은 말이 중요한 것이 아니다.

행동이 없는 말은 아무 영향이 없다. 행함이 없는 말은 죽은 말이다.

자녀에게 훈계할 때 먼저 나 자신을 돌아보자. 자녀에게 훈계할 때 내가 먼저 들어야 할 훈계는 아닌지 생각해 보자.

아빠가 보면 우리도 본다

6

내 자녀는 내가 키워야 합니다

"성진아, 아빠 가게 다녀올게."

"아빠 없을 땐 네가 아빠다."

"동생 잘 돌보고 있어야 한다."

"네, 아빠. 걱정하지 마세요!"

초등학교 때 우리 부모님은 마트를 운영하셨다. 동네에선 제법 큰 마트였다. 보통 새벽 두세 시까지 장사를 하셨다. 초등학교 5학년이 되었을 땐 '하우스 홀드'라는 피자와 치킨을 파는 프랜차이즈 업체를 하셨다. 그땐 마트를 할 때보다 더 늦게 들어오셨다. 어떨 땐 새벽 네다섯 시가 돼서야 집에 오셨다. 가끔은 무섭거나 부모님이 보고 싶어서 잠을 자지 않고 깨어 있을 때도 있었다. 부모님은 왜 안 자고 있었느냐고 핀잔을 주셨다. 그다음부터는 깨어 있어도 부모님이 오시면 자는 척했다.

가끔 부모님은 자랑하셨다. 어려운 시대에 우리 가족은 잘 먹고 잘산다고 하셨다. 겉으로는 웃고 있었지만, 속으로는 웃지 못했다. 지금 우리 가정의 형태로 잘 살고 싶은 마음이 없었기 때문이다. 부모님이 함께했으면 하는 마음이 내 안에 가득했다. 아무리 잘 먹고 형편이 괜찮아져도 부모님이 곁에 없으면 아무 소용이 없었다. 내가 동생에게 든든한 오빠가 되었던 것처럼 나 역시도 든든한 누군가 필요했다. 그 누구도 아닌 부모님이 필요했다. 든든한 사람이 옆에 없기에 스스로 든든해지면서 자라났다. 그렇게 학창 시절을 보냈다.

어떤 사명감이 생겼다. 부모님은 나에게 산 같이 큰 존재임에도 불구하고, 내가 부모님 자리를 대신했다. 가끔 진짜 동생의 아빠가 된 것 같았다. 동생의 아빠로 가장한 난 어두컴컴한 밤에 동생을 지켜야 했다. 나 역시 초등학생이고 무서웠지만 동생 앞에선 안 무서운 척했다. 엄마아빠가 없을 때만큼은 내가 아빠였기 때문이다.

나에겐 과도한 책임감과 신뢰와 믿음이 부여되었다. 반면 동생은 지나친 보살핌을 받았다. 신뢰와 믿음, 보살핌 등을 균등하게 배분받아야 했는데 그러지 못했다. 겨우 두 살 차인데 아빠라니…. 세상에 두 살 차이 나는 아빠가 어디 있나? 나로선 부담이었다. 차라리 동생이랑 사이좋게 잘 놀고 서로 보살펴 주라고 했으면 어땠을까?

이러한 상황이 계속 이어져 난 지나치게 능동적이고, 모든 일을 스스로 해결하며 자라났고 동생은 반대로 수동적이고 의존적으로 자라났다. 재미있는 것은 우리 가족만 그렇지 않다. 내 아내도 마찬가지였다. 처제와 한 살 터울인데 가정에서 아내의 역할은 오히려 엄마에 가까웠다. 나

보다 더 심했다. 주위를 둘러보니 대부분의 가정이 그랬다.

첫째에게 과도한 책임감을 부여하고, 둘째나 셋째처럼 아래로 내려갈수록 자녀에 대한 믿음과 신뢰는 낮아지고 과도하게 보살피는 경우가 많았다.

부모가 자리를 비울 때 자녀 모두에게 잘 놀라고 하면서 서로 돌보라고 해야 한다. 한 사람에게만 안전이나 책임감을 부여하는 것보다, 모두에게 책임감을 부여하는 것이 훨씬 안전하고 교육적이다. 가장 좋은 자녀끼리의 관계는 타인과 나이 차이 나는 만큼의 관계다. 그 이상을 요구하면 강제적으로 성장하게 된다. 자기 나이 또래보다 성장하여 성숙한 사고와 행동을 하면 주위에서 어른들이 칭찬하고 신뢰하기 시작한다. 어른들에게 칭찬과 신뢰를 받으면, 칭찬과 신뢰에 부합하기 위해 자기가 가진 능력 이상의 모습을 보이려 애쓴다. 하지만 자녀는 발달 과정에 맞게 성장해야 한다. 그 과정을 거치지 않고 강제적으로 성장하면 가짜 어른이 된다. 몸은 아이지만 정신은 어른처럼 된다. 엄밀하게 말하면 어른 흉내를 내는 것이다. 지금 당장은 괜찮아 보이고, 성숙해 보이지만 나중에 성인 아이가 되는 문제가 나타날 수 있다.

자녀에게 자녀를 맡기는 것만 문제가 아니다. 교육기관을 과도하게 의지하거나 맡겨도 안 된다. 자녀는 어린이집 선생님이나 학교 선생님이 키우는 것이 아니다. 학원은 더더욱 아니다. 물론 교육기관에서 부모의 마음으로 학생을 가르치는 선생님을 만난다면 참 감사한 일이다. 하지만 훌륭한 선생님을 만나는 것은 부모가 관여할 수 있는 영역이 아니다. 부모는 부모가 할 수 있는 영역을 알고 본분을 다하면 된다. 많은 부모가 교육기관에 아이를 보내는 걸로 부모의 역할을 다했다고 생각한다. 눈에 보이지 않기 때문인지, 그렇게 믿는 것이 마음이 편하기 때문인지 모르겠다.

부모는 사실 이 선택이 책임 회피임을 알고 있다. 깊은 내면을 돌아보면 교육기관에 맡기는 것이 최선이 아님을 알고 있다. 내 자녀 한두 명도 내 손으로 양육하기 힘들고 어렵다. 한 명의 담임교사가 한 반에 스무 명이 넘는 학생들을 교육하기도 만만치 않다. 부모가 자신의 아이 스무

명을 교육한다고 생각해 보자. 생각만 해도 가슴이 답답해진다. 부모조차도 하기 어려운 일을 교육기관이 해주길 바라면 안 된다. 특히 태도나 자세, 인성 등은 가정에서 길러주어야 한다. 교육기관은 보조역할이다. 부모가 교육의 주체임을 잊으면 안 된다.

자녀는 부모가 키워야 한다. 부모의 책무다. 성인이 되어 결혼하고 아이를 낳는다는 것은, 부모가 된다는 것은, 정말 중요한 책무를 어깨에 짊어지는 것과 같다. 이 책무는 오직 부모만이 해낼 수 있다.

셋째 은혜가 태어나고 주변 사람들이 이야기한다.

"아이고 첫째가 막내 키우겠어~." 그러면 꼭 이야기한다. "아닙니다~. 저희가 키웁니다!" 내가 부모이기 때문이다.

동네 도서관에서(유모차에는 은혜가)

열심히 키우려고 애를 쓰는 나의 모습

7

엄마, 아빠 딸로
와준 것만으로도 충분해

"이번에는 아들이면 좋겠지?"

"아니, 아들이든 딸이든 상관없어."

"에이. 솔직히 말해봐~."

"정말 상관없다니까. 생명 자체가 소중하니 괜찮아."

"정말 아주 0.0001%도 없어?"

"자녀가 스스로 선택할 수 없는 문제잖아. 그리고 성별을 바랐다가 실망하는 사실 자체가 자녀에게 미안해서 그런 마음 갖고 싶지 않아."

"내가 졌다. 졌어."

우리 가정은 첫째도 딸, 둘째도 딸이다. 그 후에 셋째를 가졌을 때 주변에서 성별에 관한 질문을 많이 받았다. 나와 아내는 상관없었다. 딸이든 아들이든 생명은 자체로 소중하다. 지금 딸들도 너무 이쁘고 사랑스럽다. 성별은 중요하지 않았다. 주변에서는 딸이 두 명이니 당연히 아들을 바랄 거라 생각했는지 조금도 아들을 바라는 마음이 없느냐고 집요하게 물어보는 친구도 있었다.

정자와 난자가 만나서 하나의 생명이 된다. 이 생명은 부모의 사랑과 관심을 받으며 성장한다. 자기 생각과 의지가 생기고 고유한 특성이 발현된다. 너무 놀라운 신비다. 자녀를 낳고 키우면서 느꼈던 감정이다. 아내가 열 달 동안 배 속에 아이를 품는다. 출산할 때는 산모와 아이 모두 최선을 다한다. 엄마는 아이를 자궁에서 밖으로 밀어내려고 안간힘을 쓰고 아이는 밖으로 나오려고 안간힘을 쓴다. 그렇게 서로 연합하여 아기가 세상에 태어난다. 이보다 감격스러운 순간이 이 세상에 또 있을까 싶다.

남 일 같았던 유산을 세 번이나 겪다

아내와 결혼한 뒤 아이를 낳고 기르면서 많은 행복을 느끼며 살았다. 사랑을 주니 아이가 반응하고 그 사랑을 다시 나에게 줬다. 아니 어쩌면 내가 사랑하기 전에 아이가 먼저 날 사랑했는지 모른다. 아이는 누구보다 부모를 바라고, 믿고, 사랑한다. 부모가 자녀 아니면 어디서 이런 신뢰와 믿음을 받아 보겠는가? 물론 이런 신뢰와 믿음을 부담스럽거나 싫어하는 부모도 있겠지만 말이다.

결혼 전부터 존경하는 멘토가 아이 넷을 낳고 행복하게 사는 모습을 보며 지냈다. 나와 아내도 아이를 네 명이나 다섯 명 정도 낳고 싶었다. 둘째까지 잘 낳고 길렀다. 당연히 셋째, 넷째도 잘 낳을 줄 알았다. 아이를 얼른 낳고 키워서 가족이 함께 배드민턴도 치고 캠핑도 다니는 꿈을 꾸곤 했다.

유산은 다른 가정의 이야기인 줄 알았다. 그랬던 우리 가정에도 유산이라는 아픔이 다가왔다. 그것도 세 번이나 말이다. 너무 슬프고 아팠다. 첫 번째 유산을 경험하고 수술 후 아내의 표정과 눈물을 잊을 수 없다. 처음 보는 표정이었다. 지금 글을 쓰는 이 순간에도 아내의 표정과 얼굴이 생각나서 눈물이 흐른다. 생명을 잃은 부모의 표정이었다. 아니 자기 자신을 잃은 표정이었다. 그 어떤 위로의 말도 할 수 없었다. 슬퍼할 수도 없었다. 나보다 더 슬플 사람은 아내이기에…. 아무 감정 없어 보이는 얼굴로 흐르는 눈물을 닦아 주는 일 말곤 내가 할 수 있는 일이 없었다. 슬픔도 눈물도 아내 앞에서 보일 수 없었다. 나도 힘들고 아팠지만 제일 아플 사람은 바로 엄마이기 때문이다.

슬픈 마음은 홀로 하나님께 말하며 이겨나갔다. 아내 앞에선 아무 말 없이 곁에 있었다. 스스로 하나님께 나아가 일어나길 기다렸다. 시간이 지나고 아내는 마음과 몸이 회복되었다. 한 번으로도 충분하고 족할 이 유산이 그 후에도 두 번이나 더 다가왔다. 두 번째는 자연 유산이 되었다. 형체도 알아볼 수 없는 핏덩이를 변기에서 꺼내 작은 상자에 담아 근처 산에 묻어줬다. 두 번째 유산이라도 전혀 아픔이 무뎌지지 않았다. 오히려 첫째 유산보다 더 큰 슬픔이 밀려왔다.

어떻게 살릴 방법은 없을까?
아직 숨 쉬고 있지 않을까?
아직 의학이 이 정도밖에 안 되었나?
내 목숨과 바꿔서 살릴 순 없을까?

자연 유산을 했을 때 나를 부르는 아내의 목소리를 잊을 수 없다. 믿고 싶지 않은 절박하고 슬픈 목소리였다. 그 후에도 한 번 더 유산을 했다. 둘째까지 무통 주사도 맞지 않으며 자연 분만으로 잘 낳고도 세 번 연속 유산을 경험했다. 더 이상 아이를 갖기 두려웠다. 몸과 마음의 상처를 받는 아내를 보고만 있을 수 없었다. 그다음부터는 나도 더욱 조심했다.

그렇게 몇 년이 흐르던 어느 날, 아내 생리가 조금 늦어져 임신 테스트기로 확인을 했는데 두 줄을 보게 되었다.

아내는 두 줄을 보자마자 눈물을 흘렸다. 기쁨의 눈물이 아닌 걱정과 근심의 눈물이었다. 반복되는 유산의 경험으로 인한 두려움이다. 유산을 경험하면 임신하고 아이를 낳을 때까지 걱정과 두려움을 갖고 산다고 한다. 나와 아내 역시도 그랬다. 아내는 의외로 임신 초기가 지난 후에는 걱정이 없었다. 반대로 나는 항상 노심초사했다. 임신 말기에는 며칠 사이에 아이가 잘못될까 봐 걱정돼서 제왕절개로 아이를 꺼낼까도 생각했다. 그렇게 셋째가 태어났다.

유산에 대한 경험이 참 많은 생각을 하게 했다. 유산만 되지 않는다면 지금까지 배우고, 이루고, 소유한 모든 것을 잃어도 됐다. 장애가 있더라도 생명이 잉태만 된다면, 평생 보살피더라도 숨만 쉬고 우리가 만날 수만 있다면, 딸을 만날 수만 있다면 그 어떤 대가도 지불할 수 있었다. 어떤 고난도, 목숨도 다 바칠 수 있었다. 남자니, 여자니 이런 바람은 사치에 불과했다.

자녀도 스스로 선택할 수 없고, 부모도 어떤 영향도 줄 수 없는 게 성별이다. 내가 어떤 특정 성별을 바랐다는 사실 자체가 자녀에게 미안하다. 왜냐하면 바라면 실망하기 때문이다. 그렇기에 우리에게 찾아온 자녀는 그 어떤 성별도 상관없었다.

생명이 잉태만 된다면 그보다 기쁜 일이 어디 있을까?
생명 자체가 소중한데 아들이면 어떻고 딸이면 어떤가?

공부를 위해 사람이 있는 것이 아니라

사람을 위해 공부가 있습니다.

시험 성적을 위해 사람이 있는 것이 아니라

사람을 위해 시험이 있습니다.

성공을 위해 사람이 있는 것이 아니라

사람을 위해 성공이 있습니다.

독서를 위해 사람이 있는 것이 아니라

사람을 위해 독서가 있습니다.

대학을 위해 사람이 있는 것이 아니라

사람을 위해 대학이 있습니다.

회사를 위해 사람이 있는 것이 아니라

사람을 위해 회사가 있습니다.

돈을 위해 사람이 있는 것이 아니라

사람을 위해 돈이 있습니다.

행복을 위해 사람이 있는 것이 아니라

사람을 위해 행복이 있습니다.

사람을 자녀로 바꿔보겠습니다.

공부를 위해 자녀가 있는 것이 아니라

자녀를 위해 공부가 있습니다.

시험 성적을 위해 자녀가 있는 것이 아니라

자녀를 위해 시험이 있습니다.

성공을 위해 자녀가 있는 것이 아니라

자녀를 위해 성공이 있습니다.

독서를 위해 자녀가 있는 것이 아니라

자녀를 위해 독서가 있습니다.

대학을 위해 자녀가 있는 것이 아니라

자녀를 위해 대학이 있습니다.

회사를 위해 자녀가 있는 것이 아니라

자녀를 위해 회사가 있습니다.

돈을 위해 자녀가 있는 것이 아니라

자녀를 위해 돈이 있습니다.

행복을 위해 자녀가 있는 것이 아니라

자녀를 위해 행복이 있습니다.

부모를 위해 자녀가 있는 것이 아니라

자녀를 위해 부모가 있습니다.

나를 위해 내가 있습니다.

다른 것을 위해 내가 있는 것이 아니라

나를 위해 다른 것이 있습니다.

본질을 놓치지 마세요. 주종이 바뀌어선 안 됩니다.

주종이 바뀌는 순간 나는 나로서 살 수 없습니다.

나는 납니다.

자녀는 자녑니다.

자녀가 자신답게 살아갈 수 있도록 도와주세요.

3장

사랑한다는 착각을
인정하고
아이를 바라보기

1

아빠, 조금만 더 놀고 싶어요

"얘들아, 이제 집에 갈 시간 되었다."

"..."

"집에 갈 시간 되었다니까!"

"아빠, 조금만 더 놀고 싶어요."

"마지막이다. 진짜 조금만 더 놀고 가는 거예요!"

"네, 감사해요. 아빠."

(2~30분 후)

"많이 놀았지? 이제 집에 가자. 저녁 먹을 시간이에요~."

"마지막이요. 진짜 조금만 더 놀게요!"

"아빠 먼저 집에 간다."

"알겠어요. 갈게요. 더 놀고 싶은데….."

딸들은 놀이터를 정말 좋아한다. 놀이터뿐만 아니라 키즈 카페나 친구네 집에 방문해서 놀기 시작하면 도통 집에 갈 생각을 안 한다. 그놈의 조금만 더…. 딸들이 많이 이야기하는 것 중 하나다. 결국은 정색하고 내가 먼저 간다고 이야기해야지 실랑이가 끝난다. 기분 좋게 외출했다가 기분이 상해서 집에 돌아온다는 게 너무 안타깝다.

한 번은 정말 놀이터에서 원 없이 놀게 했다. 점심도 굶어가며 거의 예닐곱 시간을 놀이터에서 놀았다. 저녁 먹을 시간이 되어서 집에 가자고 했다. 충격적인 대답을 했다. "조금만 더 놀고 싶어요."라는 말이 또 나왔다. 오전에 와서 거의 놀이터에서 살다시피 했는데 그것도 부족했다. 도대체 얼마나 놀게 해줘야 만족할까? 여기서 조금 더 놀게 해주면 만족하고, 기분 좋게 집에 갈 수 있을까?

아이들의 에너지는 무궁무진하다. 정말 무한한 체력을 가졌다. 나 역시 체력은 어디 가서 지지 않는다고 자신했었는데 나이도 조금씩 먹으니 이제는 도저히 딸들을 따라갈 수 없었다. 아이들은 왜 이렇게 체력이 좋은지 알아보다 가장 눈에 띈 정보 하나가 있었다. 신체를 활용한 놀이를 할 때 몸이 마약을 한 상태와 흡사해진다는 것이다.

신체 활용 놀이가 뇌 건강과 발달에 긍정적인 영향을 미치는 것은, 이미 과학적으로 입증되었다. 운동 중에는 우리 몸에 엔도카나비노이드라는 화학물질이 분비되며, 이것이 근심을 해소하고 행복한 감정을 유발하는 역할을 한다. 이건 대마초를 했을 때와 유사한 효과다. 이 화학물질의 분비를 증가시키는 요소로는 대마초 사용, 운동, 그리고 사회적 연결이 있다. 놀이터에서 친구들과 노는 행동은 운동과 사회적 연결 두 가지를 충족시킨다. 민사고 기숙사에선 기상한 다음 30분 정도 조깅을 한다. 그만큼 신체적 움직임은 뇌와 긴밀히 연결되어 있다.

인간에게 뇌가 왜 필요할까? 여러 가설 중 하나는 '움직임'이다. 뇌는 인간이 움직이길 원한다. 열심히 움직인 보상으로 뇌는 화학물질을 분비한다. 더 나아가 인간은 움직이도록 창조되었다.

신체 활동이 좋다고 하더라도 마냥 놀게 할 순 없는 노릇이다. 학원도 가야 하고, 밥도 먹어야 하고, 잠도 자야 한다. 충분한 시간은 주되 자신이 할 일과 가족이 함께 하는 일엔 동참해야 했다. 그러면서 생각한 것이 시간을 정하는 것이었다. 구체적으로 몇 시, 몇 분까지 놀자는 시간을 정했다. 부모가 일방적으로 시간을 정하는 것보다 자녀 스스로 정하면 조금 더 책임감이 생긴다. 가족이 모두 함께 모여서 놀이터에서 얼마나 놀면 좋을지 회의했다. 회의 시작 전에 약속의 중요성에 관한 이야기를 먼저 해줬다. 자신이 손해 보는 것보다 약속을 지키는 것에 자부심을 품으라고.(내가 좋아하는 『크로우즈』 만화책에 나온 대사다. 나는 이 대사를 보고 약속을 잘 지키기 시작했다.)

첫 시작이 중요하다. 회의가 끝나고 시계를 사줬다. 시계를 볼 때마다 약속을 기억하라고 했다. 시계는 아날로그 시계를 사주었다. 아직 어려서 시계를 볼 줄 모르기도 했고 디지털보다 아날로그 시계가 직관적으로 눈에 잘 들어오기 때문이다. 딸들도 동기 부여가 되었는지 약속을 잘 지키겠다고 자신감 있게 외쳤다. 기쁜 마음으로 딸들은 시계를 가지고 놀이터에 놀러 갔다. 놀기 전에 다시 한번 약속 시간을 상기시켜 줬다. 세 시간을 실컷 놀고 이제 집으로 갈 시간이 됐다. 갑자기 집에 가자고 하면 마음이 힘들 것 같아서, 10분 전에 약속 시간이 다가오고 있다고 이야기해 줬다. 그리고 같이 시계를 보며 10분 남은 것을 확인했다. 계획한 대로 다 실행하고 이제 집에 갈 시간이 되었다. 가슴이 두근두근했다. 과연 넘치는 에너지를 절제하고 집에 갈 수 있을까?

"얘들아, 집에 갈 시간 되었어. 시계 확인해 봐."
"어? 시간 다 되었네. 안녕 얘들아, 다음에 만나~."
"…?!"

바로 집에 간다고 할 줄 몰랐다. 몇 번 시간을 더 주고도 항상 부족하다고 했는데, 바로 집에 간다고 하니 너무 예뻐 보였다. 그래서 괜히 더 시간을 주고 싶었다. 시간을 더 주면 교육적으로 안 좋을 것 같아 꾹 참았다. 대신 칭찬을 듬뿍 해주고 집에 가는 길에 아이스크림을 사줬다.

"사랑아, 온유야. 약속 시간 잘 지켜줘서 고마워. 우리 약속을 소중하게 생각하는 사람이 되자."
"아빠의 특별 서비스 보너스~. 아이스크림 먹으러 가자!"
"앗싸!"

놀아도 놀아도 더 놀고 싶은 놀이터에서 맨발로 신나게

2

험담은 험담을 낳고

"아유, 또 가지고 왔어, 또!"

"왜요, 엄마?"

"아니, 너희 아빠는 왜 허구한 날 쓰레기 같은 물건을 어디서 가지고 오는지 모르겠어."

"뭘 가지고 왔는데요?"

"말도 마라, 저놈의 쇳덩이는 어디다 쓰려고 가지고 왔는지. 버리면 또 난리 치고 못 살겠다 못 살겠어!"

아빠는 예전부터 버려진 물건을 집으로 자주 가지고 오

셨다. 가끔은 가족 카톡에도 올리시며 필요하냐고 물어보신다. 부모님 집 창고는 주워 온 물건이 많아서 꽉 찼다. 난 스몰 라이프를 지향한다. 필요 없는 물건이나 안 쓰는 물건은 팔거나 버려야 집이 깨끗해진다. 나야 결혼해서 따로 살고 있으니 아빠가 물건을 주워 오시는 게 별 상관없지만, 엄마에게는 아빠가 주워 온 물건이 골칫덩이다.

강원도에 계신 엄마 집에 자주 놀러 가는데 엄마는 아빠를 답답해하신다. 아버지의 이해할 수 없는 행동에 대해 엄마가 한참을 이야기하신다. 나 역시도 동의하고 맞장구치며 아버지에 대한 험담이 시작된다. 그 순간 엄마랑 엄청난 공감대가 형성되고 연합하게 된다. 험담하고 아빠를 만나면 그리 반가운 기분이 들지 않는다. 아빠에 대해 편견이 생기고 관점이 한쪽으로 치우치게 된다. 아빠 입장은 온데간데없고 엄마의 생각과 감정이 온전히 내 속에 남는다.

험담이 시작되면 둘은 연합하여 험담의 대상을 희생양으로 만든다. 아빠든, 동생이든 그랬던 것 같다. 특히 어렸을 때 엄마나 아빠가 서로에 대해 험담할 때 나도 가담했다. 이 험담의 대상은 항상 바뀐다. 동생과 엄마에 대한 험담을, 엄마와는 동생에 대한 험담을, 아빠와는 엄마에 대해 험담한다.

그렇게 가족 험담을 하다가 어느 날 문득 내 머릿속을 스치고 생각이 지나간다.

'동생이, 엄마가, 아빠가 내 험담도 이처럼 하겠구나!'

험담할 땐 상대가 나중에 다른 사람에게 내 험담을 하리라는 생각을 못 했다. 참 바보 같은 생각이다. 나도 엄마 앞에선 동생 험담을 하고 동생 앞에선 엄마 험담을 하면서 가족이 내 험담을 할 거라는 생각은 그동안 전혀 못 했다.

그렇게 험담은 험담을 낳았다. 가족끼리 서로 불신하는 마음이 조금씩 생기기 시작했다. 그다음부터는 험담을 들을 때 "나한테 이야기하지 말고 그 사람에게 직접 이야기해줘."라고 공손하게 이야기한다.

가끔은 험담이 아닌 것처럼 험담한다. 험담의 고수라고 할까? 험담의 초보는 열을 내고 화를 내며 험담한다. 자신의 감정을 다 드러낸다. 그러나 험담 고수는 다르다. 교묘하게 상대방을 위하는 척을 하면서 험담한다. 걱정하며 상대방을 교화시킨다는 명목을 가지고 교묘하게 험담한다. 교묘하게 말을 한 뒤 자신은 쏙 빠진다. 오히려 자기 자신을 상대방을 교화시키는 인격적이고 훌륭한 사람으로 만든다. 실상 깊은 마음에는 상대방을 미워하는 마음이 있다. 험담이 좋지 않은 이유는 그 마음속 깊은 곳에 사랑이 없기 때문이다. 미워하는 마음은 절대로 가만히 있지 않는다. 험담을 듣고 있는 상대방에게 그대로 전달되어 험담했던 그 사람을 똑같이 미워하게 만들어 버린다.

자녀에게 배우자의 험담을 하는 행위는 정서적 학대나 마찬가지다. 배우자에게 받은 상처를 자녀에게 전가하는 것이다. 혼자 아픈 것보단 함께 아픈 것이 고통을 무디게 한다. 듣는 자녀는 아랑곳없이 자신의 고통만을 없애려는 이기적인 마음으로 배우자 험담을 늘어놓는다. 자녀는 부모에 대한 불신이 점점 커지고 거짓으로 편들어 주게 된다. 특히 험담을 할 때는 아직 어린아이가 듣기엔 너무 부담되는 이야기를 많이 하는 게 문제다. 아직 몰라도 되는 걸 너무 빨리 알게 되면 자녀가 성인 아이로 자라날 수 있다.

부모가 자녀의 필요를 위해 존재하는가, 아니면 자녀가 부모의 필요를 위해 존재하는가?

험담으로 연결된 관계는 가짜 관계다. 친구들과 험담할 때도 마찬가지다. 그 순간은 엄청나게 친해지고 신뢰감이 쌓인 것 같았지만 실상은 그렇지 않았다. 모래 위에 성을 쌓은 것처럼 툭 치면 언제든지 무너질 듯 위태했다. 신뢰를 쌓으려면 배려와 존중, 정성과 시간이 필요하다. 쉽게 쌓을 수 있는 것이 아니다. 상대가 내 앞에서 험담을 한다는 건 다른 사람에게도 내 험담을 할 수 있다는 강력한 증거다.

험담을 하는 사람뿐만 아니라
듣는 사람도 조심해야 한다

누군가의 험담을 들을 때 조금만 맞장구쳐 주면 상대방은 위로가 돼 좋아한다. 격하게 맞장구를 치고 같이 험담하면 더 좋아한다. 뭐 어차피 내가 시작한 험담이 아니니까 무한 공감을 해준다. 하지만 험담을 듣고 맞장구치는 사람도 공범이 된다는 사실을 잊지 말자. 상대방을 위하는 척, 들어주는 척하지 말자.

그 후로는 가족을 포함한 타인에 대한 말을 아낀다. 누구를 위해서도 아니고 나를 위해서다. 험담하는 순간 내 입과 마음이 더러워진다. 나만 더러워지지 않는다. 부정적인 마음이 상대방에게도 전달되어 모두를 더럽힌다.

특히 가족끼리 서로 부대를 만들고 상대방을 고립시키며 파벌을 만드는 행위는 결혼한 이후 절대 하지 않는다. 가족끼리는 오직 사랑으로만 연합해야 한다.

사랑 없이 하는 말은 허공을 울리는 소리에 불과하다.

자녀가 정말 공부 못해도 되나요?

"사랑아, 학교에서 뭐 하고 지냈어?"

"수학 시험 봤는데 B 받았어요."

"B? 점수는 몇 점인데?"

"80점이요~."

"다른 친구들은?"

"90점 넘은 친구들도 있고, 85점 넘은 친구도 있어요."

"그러면 A도 있겠네?"

"B가 있는데 A가 없겠어요? 전 실수도 했고 시간도 부족했어요."

"그래 수고했어…."

　'부모가 자녀 교육에 관심이 많고 자녀들이 독서를 이렇게 열심히 했는데 B를 받았다고?', '늘 사랑으로 대하고 있는데 B라고?' 속으로 이렇게 외쳤다. 겉으론 표현하지 않아도 마음속엔 가정에서 온전한 사랑을 받고 자유를 존중하며 살면, 학교 공부를 잘할 거라고 기대했었다.

　사랑이가 너무 아무렇지 않게 B를 받았다고 이야기해서 당황했다. 내가 어렸을 땐 공부를 하지 못하면 잘못이라고 생각했다. 부모님도 항상 성적이 오를 것이란 기대를 하고 학원을 보내셨다. 시험을 못 보면 왠지 죄인이 된 것 같았다. 사랑이에게는 조금의 죄책감이란 찾아볼 수 없었다. 남의 일 이야기하듯 태연하게 이야기했다. 우리 아이들도 나처럼 느끼길 바랐을까?

　어쩌면 사랑이의 이런 반응은 당연하다. 나와 아내는 공부를 강조하거나 시키지 않았다. 공부가 중요한 것이 아니라고, 신앙과 인성이 중요하다고, 공부는 학교 공부만이 아니라고, 늘 가르치고 강조해 놓고 내심 공부를 잘하길 바라는 마음이 내 안에 있었다.

내 안에 자녀들이 공부를 잘해서 우등생이 되고, 좋은 대학에 가서, 좋은 회사에 취직해서, 마음껏 자기 능력을 펼치면 좋겠다는 생각이 있었는지 모른다. 중학교, 고등학교에 가지 않아도 되고 공부는 못해도 된다고 가르쳤다. 오늘 하루 자유롭고 의미 있는 삶을 추구하고, 행복하고, 이웃을 사랑하는 마음으로 사는 것이 가장 중요한 가치라고 가르쳤다. 말과는 다르게 한편으론 공부를 잘했으면 하는 마음이 깊숙한 곳에 있었다.

사랑이는 나를 정말 많이 닮았다. 식습관, 행동, 성격 등안 닮은 곳을 찾기 어려울 정도다. 오죽하면 아내가 '작은 성진이'라고 부른다. 어렸을 때 다른 과목은 하위권이었지만 수학은 상위권이었고 좋아하는 과목이었다. 날 닮은 사랑이는 당연히 수학에 소질이 있고 잘할 거란 기대를 무의

식중에 했다. 집에서 공부 한 번 시키지 않았으면서 공부를 잘하리라는 기대를 하고 있었다. 찰나의 시간이지만 사랑이에게 실망하는 마음도 약간 들었다. '내가 가족을 위해 했던 것들이 의미가 없었나?' 하는 생각까지도 들었다. 수학 80점 맞은 게 뭐 대수라고 별의별 생각이 다 들었다. 내 모습을 돌아보니 참 무능하고 부족한 아빠였다는 생각밖에 안 든다.

나는 어렸을 때 주변 사람들에게 똑똑하다는 이야기를 듣곤 했다. 부모님이 맞벌이하지 않고 가정에서 잘 교육했으면 훌륭한 사람이 되었을 거란 이야기를 친척들과 주위 어른들에게 들었다. 그 마음이 딸들에게 흘러 어릴 때부터 교육 받을 수 있는 기회를 많이 준다면 나 대신 훌륭한 사람이 되어 주리라는 기대가 있었나 보다. 부모의 마음과 바람을 자녀에게 투영하면 안 된다고 여기저기서 떠들어대고 아내에게도 수없이 이야기했었다. 이런 내가 자녀에게 나의 마음과 바람을 투영하고 있었다. 어찌 이렇게 말과 행동이 다른 삶을 살고 있었는가 반성했다.

다음 날 저녁 배드민턴 운동이 끝나고 아내에게 전화했는데 사랑이가 친구를 집에 데리고 왔다고 했다. 여느 때와 같이 문 앞에서 초인종을 누르니 딸들이 마중 나와 문을 열어줬다. 친구가 와서 신났는지 평소보다 더 장난스럽게 인사를 하고 여기저기 뽀뽀를 해줬다. 그리고 내 얼굴을 요리조리 만지면서 장난을 쳤다. 우리 가족이 모두 마중 나와 뽀뽀하고, 포옹하는 모습을 보고 사랑이 친구가 너무 화목해 보인다고 했다. 그 이후에도 우리 집에서 살고 싶다고, 나와 아내가 착하다고 이야기했다. 평소와 다름없는 모습인데 사랑이 친구에겐 좋게 보였나 보다. 속으로 '우리 가족 행복한 모습 십분의 일도 안 보여준 건데…?' 하면서 흐뭇해했다.

이게 내가 추구했던 삶이다. 오늘 하루 마지막처럼 사랑하고 행복하기. 왜 추구했던 삶과 반대되는 욕망이 내 안에 있었을까? 이제라도 깨달아서 다행이다. 깨닫지 못했으면 인지부조화가 된 사람이 되었을 것이다. 공부에 욕심 없는 것처럼 이야기하면서 자녀에게 공부를 강요하는 사람처럼 말이다.

공부 자체를 반대하는 게 아니다. 다만 자녀의 의사, 흥미, 장점에 대한 고민 없이 학교 공부에 매진하는 것은 부정적으로 본다. 아무래도 교직에 있다가 보면 공부를 싫어하는 친구들을 많이 만난다. 초등학교는 삶에 필요한 것들을 배우지만 중, 고등학교 때 배우는 전문 지식은 굳이 모든 학생에게 필요하지 않다. 알면 좋지만, 몰라도 잘 살 수 있다. 자신이 좋아하고, 흥분되고, 가슴이 뛰고, 목숨을 걸 수 있는 비전을 찾았으면 좋겠다. 그러면 공부하지 말라고 해도 스스로 할 것이다.

사랑아, 아빠가 미안했어!

이야기의 발단이 된 사랑이의 시험지

4

꽃으로도 때리지 않을게

학창 시절 정말 많이 맞으면서 자랐다. 하루라도 맞지 않으면 이상하다는 생각이 들 정도로 많이 맞았다. 장난을 좋아하고 덩치가 커서 어떤 행동을 하더라도 금방 눈에 띄었다. 지금 돌아보면 '그렇게까지 맞아야 할 일이었나?' 하는 생각이 든다. 서로 규칙을 정하고 동의를 받고 매를 맞는 것도 아니었다. 주먹으로 머리를 때리고, 손바닥으로 뺨을 때리고, 몽둥이로 발바닥, 머리, 종아리, 손등, 엉덩이 등 안 맞아 본 부위가 없다. 지금 기억에 남는 건 선생님의 표정이다. 미간을 찌푸리고 이를 단단히 물고 있는 굳은 표정은 30년이 지난 지금도 기억에서 지워지지 않는다.

자주는 아니지만 가끔 부모님께 엉덩이와 등짝 스매시도 맞았다. 나를 때릴 때 어머니의 감정은 항상 격해져 있었다. 감사한 것은, 어머니는 체벌 후 항상 나를 안아 주시고 미안하다고 해주셨다. 가끔은 눈물도 흘리시며 복잡한 감정의 표정으로 나를 안아 주셨다. 그 표정의 의미는 무엇이었을까? 먹고 살기 힘든 삶에 대한 무게감이 느껴졌다. 이미 고달팠던 엄마의 삶에 '왜 너까지 내 속을 썩이니!' 하는 표정과 분위기가 기억난다. 때리고 싶지 않았지만 삶을 못 이기고 때리게 되는 느낌이었다.

원인이야 어쨌든 체벌은 상처가 남았다. 몸에도 마음에도 상처가 생겼다. 부모님, 선생님 말고는 맞아 본 일이 거의 없다. 가까웠기에, 신뢰했기에 상처는 더 크게 남았다. 요즘 교육기관에서 체벌하는 경우는 거의 없다. 간혹 체벌로 인해 사회적으로 논쟁거리가 되긴 하지만 이전보다 많이 사라졌다. 체벌에 대한 사람들의 인식도 많이 변했고 이제는 법이 체벌을 제재하기 때문이다. 아쉬운 부분은 가정에서 아직도 체벌이 용인되고 있다는 점이다.

어렸을 때 많이 맞더라도 중학생, 고등학생이 되면서 점차 체벌당하는 경우는 줄어든다. 체벌을 가해도 가만히 맞고만 있지 않을뿐더러 체벌해도 효과가 없기 때문이다. 그러면 자녀를 체벌하는 이유는 무엇인가? 바로 '아이'이기 때문이다. 아직 어리기 때문에 체벌하면 금방 효과가 있는 것처럼 보인다. 나이를 먹고 성인이 되어서 체벌하는 부모는 본 적 없다. 차이는 단 하나다. '아이'라서 때리는 것이다. 너무 잘못됐다. 아이니까 더 이해하고 기다려 줘야 한다. 원래 아이는 느리다. 아직 세상에 대한 이해도 부족하고 배울 것들이 많다. 부모는 어른의 속도가 아닌 아이의 속도에 맞춰서 하나하나 가르치고, 보여주고, 기다려 주며 함께 성장해야 한다.

우리나라처럼 부모의 권위가 센 나라가 있을까?

교육열이 심한 만큼 부모의 권위도 엄청나다. 유교 사상에 가부장 문화도 한몫을 한다. 몇 년 전만 해도 부모가 자녀를 구타해서 경찰이 와도 공권력을 사용하지 못했다. 경찰 역시도 가부장적 사회 안에서 자랐기에 집안 문제는 집안에서 해결해야 한다고 생각했다. 그뿐만 아니라 청소년 보호소도 마찬가지다. 부모의 폭력 때문에 대피해 있어도 오래 머물지 못한다. 보호소 안에서 눈치 주고 부모가 오면 데리고 갈 수 있다. 이런 문화와 환경 때문에 존속 살인도 왕왕 일어난다. 자녀를 보호하려고 법으로 정해도 인식과 문화가 따라가질 못한다. 그러나 이제는 시대와 문화가 변하고 있다. 부모와 자녀의 관계도 변하는 시대에 맞춰야 한다. 교사도 마찬가지다. 예전에는 '스승은 어버이'라며 체벌을 용인했지만, 이제는 그렇게 하다가는 교사가 철창신세를 지게 된다. 아이들의 인권을 보장하려는 사회 분위기가 조성되며 어린아이를 바라보는 관점도 많이 바뀌었다.

잘못된 행동은 체벌로 교정할 수 있으므로, 체벌이 필요하다는 이야기를 들었다. '그렇다면 행동 교정을 위한 체벌을 부모 말고 선생님이나 지나가던 아저씨는 하면 안 될까?' 라는 질문을 하면 대부분 안 된다고 할 것이다. 이유는 부모가 아니라서 때리면 안 되는 것이다. 바꿔 말하면 부모니까 때려도 되는 거다.

내가 맞았던 이유는 두 가지였다. 체벌의 주체가 부모님이나 선생님이라서. 그리고 아이라서 체벌을 당했다. 부모니까 때려도 됐고, 아이니까 맞아도 됐다. 너무 슬픈 현실이다. 가족 외의 타인은 상대적으로 멀고 친하지 않기 때문에, 자녀를 때리더라도(그러면 안 되지만) 부모는 때리면 안 된다. 부모니까 더 때리면 안 된다. 어른끼리는 치고받고 싸우면서 때리더라도 아이는 때리면 안 된다. 아이는 아직 아이이므로 법으로도 보호된다. 아이는 더 너그럽게 봐줘야 한다.

"체벌 덕분입니다."

지인들과 이야기하다가 들은 이야기다. 체벌이 아니었으면 자신이 엇나갈 수 있었다고 한다. 어떤 심리로 이런 이야기를 했을까? 부모님을 옹호하고 싶었던 걸까? 아니면 그 체벌 받았던 상황을 부정하고 싶은 걸까?

체벌이 아니었으면 지금보다 더 괜찮은 사람, 혹은 훌륭한 사람이 되었을 수도 있다. 체벌 덕분이라는 이야기는 어디까지나 결과론적인 이야기다. 이런 표현은 문제다. 체벌을 옹호하게 되고 체벌을 정당화하게 된다. 자녀를 때릴 수 있는 충분한 명분을 제공한다.

부모가 체벌을 가할 때 어떻게 합리화할까? 아마 대부분 때려서라도 자녀를 바로 잡아야 한다고 생각하고 있을 것이다. 지금 체벌을 가하지 않으면 엇나가서 문제아가 될까 봐 걱정한다. 이 생각은 심각한 오류를 범하고 있다. 방황하는 청소년 중 대부분이 부모의 학대나 체벌에 대한 트라우마가 있다. 이 트라우마는 절대로 가만히 있지 않는다. 외향적인 성격을 가진 친구들은 타인을 때리고, 내향적인 성격을 가진 친구들은 자신을 때린다.

체벌을 당할 때 자녀는 체벌로 느끼지 않고 폭력과 학대라고 느낀다. 이 느낌은 평생 지워지지 않는다. 더 나아가 다른 사람에게 폭력을 가할 가능성도 커진다. 인격적인 사람 대부분이 부모와의 관계가 좋고 부모 역시도 자녀를 인격적으로 대한다. 폭력적인 아이들 대부분은 부모에게 학대나 체벌을 당한 경우가 많다.

'사랑의 회초리'

회초리로 사람을 때리면 맞는 사람은 육체적 고통을 느낀다. 어떻게 육체적 고통과 사랑이 연결되는지 의문이다. 사랑의 회초리가 아니다. 부모의 '오래 참음'의 부재로 생긴 회초리다. 차라리 부모 자신의 부족함을 인정하면 건강한 거다. 체벌에 '사랑'이라는 단어를 함부로 갖다 붙이면 위험해 진다. 부모가 자녀에게 사랑의 회초리를 때릴 수 있다면 지나가는 아저씨가 자녀에게 사랑의 회초리를 때리면 왜 안 되는가?

체벌은 학대로 이어지고 이 학대가 자녀를 죽음에도 이르게 한다.

체벌 '덕분에' 지금의 모습이 된 게 아니라, 체벌 '때문에' 지금의 모습이 된 것이다.

서로 사랑하고 아껴 주기도 모자란 인생이다. 자녀라서, 아이라서 때리는 일이 더 이상 없기를.

더 사랑해 주고 더 기다려 주고 행동으로도, 말로도, 눈으로도, 꽃으로도, 사랑으로도 때리지 않을게.

5

더 나은 삶을 위한 3p 바인더 교육

항상 가지고 다니는 물건이 몇 개 있다. 지갑, 핸드폰, 3p 바인더다. 계획 세우는 것을 좋아해서 바인더에 일정과 계획을 꼭 기록한다.

미라클 모닝을 함께 하던 선생님께서 3p 바인더 교육을 받으셨다. 강의료가 생각보다 비쌌다. 50만 원이나 해서 고민하다가 듣지 못했다. 선생님께 강의 후기를 들었는데 정말 유익하다고 하셨다. 감사하게도 강의를 들으시고 필기했던 자료와 중요한 골자에 관해 설명해 주셨다. 그 후

3p 바인더에 관심이 생겨서 도서를 검색해 보니 강규형 대표의 『성과를 지배하는 바인더의 힘』이라는 책이 나왔다. 책과 함께 3p 바인더도 구매했다.

포기하더라도 시도하지 못한 것보다 나으니 일단 도전했다. 열심히 책을 읽고, 정리하고, 선생님께 배운 노하우를 접목해서 나만의 3p 바인더를 만들었다. 기록하는 것이 성향과 잘 맞아서 계획을 세우고 하나하나 실천해 나가는 게 참 기쁘고 즐거웠다. 여러 가지 항목별로 나만의 기록물을 모으는 재미도 있었다. 그렇게 기록에 관심이 생겨 집에서도 가족과 함께 감사 일기, 칭찬 일기 등을 함께 쓰고 나누며 지내게 되었다.

4년 가까이 3p 바인더에 기록하고 계획을 세우며 지냈다. 오랜 시간 옆에서 지켜보던 딸들도 관심을 가지고 사달라고 이야기했다. 이전까지는 아직 어리고 낙서 정도밖에 못 할 것 같아서 이면지를 주곤 했다. 언젠가는 자녀들도 함께 3p 바인더에 일정을 기록하고 계획적인 삶을 살면 좋겠다는 바람이 생겼다. 성인들도 어려워하는 3p 바인더를 어렸을 때부터 어떻게 잘 사용할 수 있을까 고민했다. 3p 바인더 내지를 구매하기 위해 사이트에 들어갔던 날, 눈에 딱 띈 것이 바로 어린이 3p 바인더 교육이었다.

어린이 3p 바인더 교육은 초등학교 1학년부터 신청할 수 있었다. 사랑이에게 3p 바인더 어린이 교육에 관심 있냐고 물어보니 너무 좋다고 했다. 부랴부랴 전화해서 상담하니, 3p 바인더는 기록이 핵심이라 2학년이나 3학년쯤에 참여하면 유익할 것이라고 이야기해 주셨다. 그렇게 시간이 지나고 2학년 겨울 방학이 되어서 교육을 신청했다. 나는 비록 고가의 강의료 때문에 강의를 듣진 못했지만 자녀는 꼭 프로그램에 참여하길 바랐다. 함께 계획하며 기록하는 삶을 살고 싶었다.

프로그램에 참여하러 가는 날 설레는 마음으로 딸과 지하철을 탔다. 책을 읽으며 가려고 한 권씩 책도 챙겼다. 지하철 안에는 열 명이면 열 명 모두 고개를 숙이고 핸드폰을 보고 있었다. 핸드폰 안 하는 사람을 찾기가 어려웠다. 예전에 딸들에게 스마트폰 중독에 대해 교육했었는데 실물로 영접하는 순간이었다. 책을 읽지 않더라도 지하철 안에서 대화할 내용이 많았다. 갈아타는 법, 출구 찾기, 열차 칸 번호, 불났을 때 대처 방법 등을 함께 얘기하며 갔다.

드디어 3p 바인더 교육원에 도착했다. 강사님께서 정말 재미있게 프로그램을 진행해 주셨다. 딸과 함께 프로그램에 참여하고 3p 바인더 작성 방법 등을 배웠다. 딸이 교육받는 동안 부모를 위한 자녀 교육 강의도 진행되었다. 피곤해서 잠시 멍때리고 있는데 갑자기 강사님이 질문을 하시더니 날 지목했다.

"만약 자녀가 다른 친구의 과자를 빼앗아 먹는 모습을 보면 어떻게 하실 건가요?"

긴장감과 함께 무의식적으로 말했다.

"과자를 많이 먹고 싶었구나? 하고 안아 줄 것 같습니다. 그 후에 과자를 빼앗아 먹는 행위는 나쁜 행위라고 가르치고 친구에게 사과하도록 지도합니다. 집에 갈 때 마트에서 먹고 싶었던 과자를 사줄 겁니다."

칭찬과 박수를 받았다. 너무 감사했고 그동안 자녀 교육 공부를 열심히 하며 자녀를 지도했는데 뿌듯한 마음도 들었다.

마지막으로 자녀와 '미안한 점 나누기'를 한다고 안내해 주셨다. 갑자기 프로그램을 진행하면 부모님들이 당황하니 지금 미리 생각하고 적어 보라고 하셨다. 무엇을 사과해야 하나 고민을 했다. 사랑한다고 해놓고 아빠의 욕심과 이기심으로 대했던 점, 약속을 지키지 못한 점 등을 생각했다. 평소에 사과를 많이 해서 별 감동이 없을 것 같았다.

'자녀에게 미안한 점 나누기' 시간이 되었다. 강사님이 자녀와 마주 보고, 손을 잡고, 눈을 마주치라고 했다. 손을 잡고 눈을 마주치는 순간 눈물이 흘렀다. 딸도 나를 보니 눈물을 흘리기 시작했다. 사랑이에게 진심 어린 마음으로 사과했다. 그다음은 자녀 차례. 사랑이도 나에게 미안한 점 세 가지를 이야기했다. 눈물이 폭포수처럼 나와서 내용은 기억도 안 난다.

윗물이 맑아야 아랫물이 맑은 것처럼 부모의 진심 어린 반성과 사과가 먼저였다. 자녀는 자연스레 부모를 따라 진심 어린 사과를 했다. 30분 동안 눈물을 펑펑 흘린 뒤 수료식 후 딸이랑 손을 잡고 나왔다. 이제껏 경험해 보지 못한 신뢰감을 느꼈다. 서로 한층 더 가까워진 느낌이었다. 사랑이도 행복하고 나도 행복했다. 맛있는 햄버거를 먹고 지하철에서 책도 보고, 지하철 공부를 하며 집에 왔다. 여전히 주위 사람들은 이어폰을 끼고 핸드폰을 보고 있었다.

그 후에 열정을 가지고 3p 바인더를 작성했다. 성인이 비싼 강의를 듣더라도 습관 잡기 어려운 바인더다. 당연히 다 기록하기 어려웠고 계획대로 살지 못했다. 그래도 배운 본깨적[1]을 적용하여 밤에 자기 전에 사랑이가 독서 모임을 진행한다. 아이들은 진행하는 것을 참 좋아했다. 온유도 보고만 있지 않고 자기도 진행하고 싶다고 했다. 어쩔 수 없이 아침 독서 모임도 만들었다.

저녁에는 칭찬, 감사를 기록하고 서로에게 이야기해 준다. 그 후엔 독서하고 본깨적을 한다. 아침에는 큐티, 자유 글쓰기, 본깨적을 한다.

3p 바인더 덕분에 아이들이 스스로 모임을 진행한다. 아침저녁으로 하던 모임이 더 체계적이고 풍성하게 변했다. 온유는 내년에, 사랑이는 6학년 때 또 3p 바인더 교육을 듣기로 했다.

비싸지만 가치 있는 교육이다. 교육 덕분에 기록하고 나누며 사랑하는 가족이 되어간다.

온유야 내년에 함께 교육에 참여하자.

---

1) 독서하고 본 것, 깨달은 것, 적용할 점을 나누는 것

아빠, 사랑이, 온유의 3p 바인더

3p 바인더, 어디 한 번 써볼까?

6

습관이 집착이 되지 않도록

"자, 우리 가족 모두 모이세요~. 감사, 칭찬, 독서 습관
할 시간입니다."

"아빠 아직 숙제 못 했어요. 그리고 게임도 못 했어요~!"

"어서 모이세요!"

"아빠 잠깐만요."

"그럼 오지 마세요. 아빠 혼자 합니다."

"알겠어요. 갈게요."

가족만의 문화를 만들고 싶었다.

초인종 누르기

쓰레기 줍기

용돈 일기

칭찬 스티커

성경 암송 및 공부

QT

감사 및 칭찬 일기

자기 전에 재미있는 이야기 해주기

글쓰기

미라클 모닝

이 중 우리 가족에게 잘 맞는 것들만 꾸준하게 하고 있다. 몇몇은 이벤트식으로 짧게도 했었다. 자녀들이 어렸을 때는 부모가 하는 일은 다 멋져 보이는지 뭐든지 함께 하려 한다. 특히 세 살 전에는 거부감 없이 웬만한 것들은 스펀지처럼 흡수한다. 그것이 선이든 악이든 크게 관계없이 말이다.

몇 년의 노력 끝에 가족만의 습관이 생겼다. 모두가 좋아했던 몇 가지가 남았다. 처음에는 가족 모임을 내가 인도하다가 3p 바인더 어린이 교육 이후에는 자녀들이 인도한다. 아침은 온유, 저녁은 사랑이가 인도한다. 각각 모임의 이름이 있다. 아침은 '독서 외겡이', 저녁은 '독서 습관'이다. 자녀들이 직접 지었다.

가족 모임을 성실하게 하다가도 캠핑을 가거나 손님이 오면 습관이 무너진다. 한 번 무너지면 다시 회복하기가 쉽지 않았다. 그렇게 며칠 지나면 한참이 걸려야 돌아갔다. 다시 습관을 세우는 데 많은 에너지와 노력이 필요했다. 아차 싶었다. 이젠 더 이상의 타협은 없었다. 신체적 위험이나 목숨의 위험이 아니면 반드시 습관대로 행동하기로 작정했다.

어느 날 이래저래 바빠서 시간이 늘어졌다. 가족 모임을 할 시간이 되었는데 아직 숙제도 못 하고 스마트폰 영상도 못 본 상황이었다. 타협 없이 진행했다. 딸들은 하기 싫은 눈치였다. 숙제와 영상을 못 봤으니, 기분이 좋을 리 없었다. 원칙이 중요했다. 딸들이 시간 관리를 못 했으니, 숙제나 게임을 하든지 가족 모임에 참석하든지 마음대로 결정하라고 했다. 딸들이 서로 눈치를 보다가 굳은 표정으로 테이블에 앉았다. 그렇게 죽상을 한 표정으로 하루 동안 감사한 일을 이야기하고 서로 칭찬했다. 말하는 내용은 천국인데 분위기는 지옥이었다.

다음날은 가족 모임 전에 할 일을 모두 마무리해서 자연스럽게 모였다. 그런데 딸들 표정이 좋지 않았다. 아무 일도 없었고 가끔은 나랑 아내가 힘들고 귀찮아해도 가족 모임을 하자고 했는데 떨떠름한 표정이었다. 아차, 어제 억지로 강행해서 그렇구나. 순간 별의별 생각이 다 들었다. 모른 척하고 그냥 진행해야 할지 속마음을 터놓고 다시 시작해야 할지 고민했다. 결국 어제와 같이 영혼 없이 서로 감사를 이야기하고 칭찬했다. 독서하고 본 것, 깨달은 것, 적용할 점 나눔 역시도 아주 짧았다. 보통은 너무 길게 나눠서 중간에 개입하는데 한 문장으로 다 끝났다. 분위기가 너무 무겁고 불편했다. 이 상황을 어떻게 해결해야 할지 고민했다.

결국 정면 돌파를 시도했다. 아이스크림 하나씩 사주면서 마음을 녹이고 기분이 안 좋은 이유를 물어봤다. 사실은 다 알면서 물어본 거다. 다 알지만 내가 직접 이야기하는 것보다 자녀 스스로 이야기하는 것이 의미가 있을 거라 생각했다. 예상대로 어제 강제로 모임을 해서 싫어졌다고 했다. 내가 할 수 있는 최선은 진심 어린 사과였다. 딸들에게 진심으로 사과하고 고개를 숙였다. 감사하게도 그 이후로 딸들이 이전과 같이 즐겁게 참여했다.

그 이후에도 바쁘거나, 피곤하거나, 여러 가지 일로 가족 모임을 하기 어려운 상황이 있었지만, 이전과 같이 고집부리지 않았다. 시간이 없을 땐 노트에 기록하진 않고 말로만 감사와 칭찬을 했다. 더 시간이 없을 땐 자기 전에 누워서 잠시 감사와 칭찬을 했다. 정말 바쁠 땐 아무것도 하지 않았다. 중요한 것은 내 마음가짐이었다. 바쁘지 않을 때 정신을 차리고 함께 하자고 독려하는 것! 나 역시도 바쁠 때 몇 번 그냥 넘어가니 모임 하기가 귀찮았다. 그래서 계속하든지 안 하든지 모 아니면 도였다. 바쁠 때는 그냥 넘어가고 안 바쁠 때는 정신 차리고 가족 모임을 하는 융통성이 필요했다. 하지만 정말 어려웠다. 모 아니면 도가 내 성격에 잘 맞았다. 카멜레온처럼 상황에 맞춰서 가정을 이끄는 게 쉽지 않았다.

몇 번의 갈등 상황을 겪고 나니 이전보다 더 자유롭다. 가정에 나를 속박하지 않는다. 본질은 가족 간의 사랑이다. 악착같이 모임만 하려 하니 형식만 남고 본질은 온데간데없이 사라졌었다. 사랑하며 천국을 만들려고 모였는데 지옥 같은 분위기니 이처럼 웃긴 상황이 어디 있겠는가?

본질을 위해 형식이 필요하다. 하지만 본질이 빠지니 형식은 아무 소용이 없었다. 그렇다고 형식을 소홀히 할 수도 없었다. 형식이 빠지면 본질이 흐려졌다. 그래서 본질과 형식 둘 다 중요하다.

본질은 사랑, 모임은 형식이다.

사랑이의 칭찬 책   온유의 칭찬 책

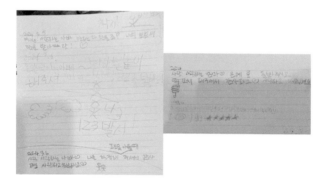

아빠의 칭찬 책   엄마의 칭찬 책

7

자녀는 누구의 의지로
이 땅에 태어나는가?

"그래도 부모다. 부모가 없으면 너도 없는 거야."
"성진아, 아빠 너무 미워하지 마."
"너도 크면 알 거야."

부모님은 내가 어렸을 때 자주 다투셨다. 평소에 유하시
던 아버지는 술을 드시면 과격해지고 난폭해지셨다. 처음
에는 아버지가 폭력적인 모습을 보여도 어머니는 참고 견
디셨다. 시간이 흐르자, 어머니도 아버지와 맞서 싸웠다.
매번 당하고만 있을 수는 없는 일이었다.

고등학생 때 친구네 집에서 자고 있는데 밤에 동생에게 갑자기 전화가 왔다.

"오빠, 아빠가 엄마 때려서 엄마 병원에 가셨어."
"어디 병원이야? 알겠어. 바로 갈게."

어머니와 아버지가 싸우시고 어머니는 눈을 다치셨다. 그렇게 어머니와 아버지는 별거하게 되었다. 아이러니하게도 아버지와 떨어져 살았을 때가 그 전보다 비교도 할 수 없을 정도로 행복했다. 이젠 긴장하지 않아도 되고, 경직되지 않아도 된다. 나와 동생, 엄마 모두 행복하게 지냈다.

어머니가 아주 어렸을 때 외할아버지가 돌아가셨다. 어머니에게 외할아버지에 대한 기억은 거의 없다. 과거에는 지금과는 다르게 학교에서 부모님이 안 계신 가정을 공개적으로 조사했다. 어머니는 많은 친구 앞에서 상처받아야만 했다. 그 상처는 이혼하지 않겠다는 다짐으로 이어졌고 어려움과 핍박 속에서도 꾹꾹 참으며 지내셨다. 오히려 나와 여동생이 엄마에게 이혼하라고 이야기했다.

결국 이혼은 하지 않았지만, 어머니와 아버지는 별거하게 되었다. 별거를 한 후 친할머니를 비롯하여 친가 분들을 가끔 만났다. 다시 아버지와 한 가정에서 살길 바라셨다. 대부분의 친가 분들은 거의 잘 해주셨다. 특히 작은아버지의 사랑은 나의 마음을 치유케 했다. 작은아버지가 아니었으면 아버지를 용서하지도 못했을 것이고 다시 모시고 오지 못했을 것이다. 지금처럼 어머니와 아버지가 잘 지내지도 못했을 것이다. 작은아버지가 왜 작은아버지로 불리는지 작은아버지의 삶으로 보여주셨다.

그런데 가끔 더 먼 친가 분들은 이렇게 말씀하셨다.

"그래도 부모다. 부모가 없으면 너도 없는 거야."
"성진아, 아빠 너무 미워하지 마."
"너도 크면 알 거야."

나를 제일 화나게 하는 말이었다. 부모인데 도대체 어쩌라는 건지? 부모면 때려도 되고, 욕해도 되고, 자신의 감정을 어느 때나 자녀에게 풀어도 되는가? 자녀는 부모의 감정 쓰레기통 그 이상도 이하도 아니었다.

몇십 년 동안 아빠의 행동을 보고도 어떻게 저런 말을 할 수 있을까?

내가 이 땅에 태어나고 싶어서 태어났나? 부모의 의지로 내가 태어나지 않았나?

정말 하고 싶은 말이 많았다. 어른에 대한 예의 때문에 말하지 못했지만, 화가 났다. 나라는 사람이 먼저 존재해서 부모에게 "저 태어나도 될까요?" 이렇게 물어보지도 않았다. 부모 때문에 고통받는 자녀에게 어떻게 부모 덕분에 자녀가 이 땅에 태어났다는 이야기를 뻔뻔하게 할 수 있을까?

자녀는 자녀의 탄생을 선택할 수 없다. 오직 부모의 선택과 의지로 태어난다. 실수로 생겼어도 마찬가지다. 자녀의 실수로 자녀가 태어나는가, 아니면 부모의 실수로 자녀가 태어나는가?

부모의 실수라든가 그 외의 어떤 이유를 갖다 붙이더라도 자녀가 이 땅에 태어나는 것은 부모의 선택이고 의지다. 그래서 부모가 책임감을 가지고 키워야 한다.

하루가 멀다고 존속 살인 뉴스가 나온다. 모든 존속 살인을 일반화시키면 안 되지만, 거의 자녀 생각은 하지 않고 부모의 입장과 관점에만 머물러 얘기한다. 자녀를 부모의 소유물로 생각하고, 부모 덕분에 자녀가 이 세상에 태어났다고 생각한다. 자녀는 누구의 소유물도 아니다.

아무것도 선택할 수 없이 이 땅에 태어난 자녀를 더 사랑하고, 소중하게 생각하며 부모의 입장만이 아닌 자녀의 입장을 한 번 더 생각하자.

사랑아, 온유야, 은혜야. 너희는 아빠와 엄마의 의지로 태어났어. 너희의 의지가 반영되지 않고 이 땅에 태어났음을 잊지 않을게. 책임을 다할게.

8

내가 제일 좋아하는 과목은요

"사랑아, 학교 잘 다녀왔어?"

"네, 잘 다녀왔어요."

"무슨 생각 했니? 선생님께 물어보고 싶은 것은 없었어?"

(어디서 유대인 교육법 주워들은 것은 있어서….)

"아무 생각 없었는데? 물어보고 싶은 것도 없었어."

"어떤 수업이 제일 재미있었어?"

"체육이 제일 재미있었어."

"아 그래?"

"응 피구했는데, 어쩌고저쩌고…."(신남)

딸들을 너무 좋아해서 궁금한 게 많다. 학교나 학원이 끝날 때 자주 데리러 가다 보니 돌아오는 길에 많은 질문을 한다. 유대인 교육법을 선호해서 "선생님 말씀 잘 들었어?"라는 말보단 수업 중에 궁금한 점이 있었는지 물어본다. 매번 물어봐도 대답이 시원치 않다. 유대인 교육법을 현실에 적용하긴 참 어렵다. 당연히 어려울 수밖에 없다. 가정, 학교, 사회, 등 우리나라와 이스라엘 문화가 다르기 때문이다. 창의력이나 다양성과는 거리가 먼 나라다. 많이 변하고 있어도 아직까진 어려워 보인다. 그래도 뭐라도 끄집어내고 싶은 마음에 다시 물어본다.

"어떤 수업이 제일 재미있었어?"
딸이 대답한다.
"체육이 제일 재미있었어. 피구했는데 내가 마지막까지 살아남았어. 어쩌고저쩌고."
딸이 아주 신나게 이야기한다. 눈에는 생기가 돌고, 입꼬리는 올라가고, 기분이 좋아 보인다.
"사랑이는 체육을 좋아하는구나. 운동 신경도 좋고 잘할 것 같아!"

"체육 과목은 왜 만들었을까?"(유대인 교육법에 대한 강박)

"왜 만들긴 재미있으니까 만들었겠지!"

(질문이 많아 슬슬 표정이 안 좋아진다. 슬슬 절제해야 할 타이밍이다.)

"맞아, 재미있으니까 만들었을 거야. 하하하."(어색하게 대화가 끝난다.)

며칠 뒤 딸을 데리러 학교로 갔다. 이번에도 무슨 수업이 제일 재미있었는지 물어봤다. 역시 체육이었다. 백 번이면, 백 번 항상 체육이 제일 재미있다고 한다. '체육이 그렇게 재미있나?' 그런데 딸들만 체육을 좋아하는 것이 아니었다. 딸 친구들이랑 독서 모임을 하는데 좀 늦는 친구가 있으면 이것저것 질문한다. "학교에서 어떤 수업이 제일 재미있어?", "체육이요." 10명이 넘는 친구에게 물어봤는데 모두 체육이었다.

과거를 회상해 보면 나도 초등학교 때 축구를 참 좋아하고 체육이 제일 재미있었다. 중학교 때도 체육을 제일 좋아했다. 친구들과 어우러져 함께 뛰어놀며 땀을 흘릴 때 가장 행복했다. 쉬는 시간이나 점심시간에도 운동장에서 축구를 했다. 축구하다가 수업이 시작하고 늦게 들어와서 혼난 적도 많다. 남자만 그럴 줄 알았는데 여자 친구들도 체육이 좋다고 한다. 독서 모임 하는 친구들도 다 여자아이들이다.

아무래도 내 마음 깊숙한 곳에 대학 입시를 염두에 두어서 그랬을까? 체육이 아닌 국어나 수학, 과학 등을 좋아하길 바랐다. 딸 앞에서 티를 내진 않았지만, '체육 그게 뭐가 그렇게 좋을까?' 하는 마음과 원하는 대답이 있었다. 딸들은 내가 원하는 대답을 하지 않았고, 난 원하는 대답이 나올 때까지 질문했다. 그러니 대화가 물 흐르듯 자연스럽지 못하고 뭔가 덜컥덜컥하는 느낌이었다.

하루하루 자유롭게 하고 싶은 것 다 하고, 행복하게 살라고 하면서 내면 깊은 곳엔 딸이 주지 교과에 관심이 있길 바랐다. 열려 있고 깨어 있는 척하면서 속으론 아주 구렁이 같은 녀석이 꿈틀대고 있었다. 딸들을 이리 굴리고 저리 굴려서 내가 원하는 사람으로 만들려는 속셈이었다.

딸들이 하고 싶은 것을 믿고 지지해 주자. 오늘 하루가 행복하길 바라자.

다시 내가 원하는 답을 들으려고 할 때마다 생각한다.

맨발로 집라인 타는 게 제일 재밌어!

한강공원 놀이터에서

2014년 10월 12일 오후 11시 11분,

2016년 8월 4일 오전 8시 59분,

2023년 2월 25일 5시 30분

딸들이 엄마, 아빠에게 온 날이야.

1년 동안 아프지 않고 건강하게 자라줘서 고마워.

딸들을 볼 때마다 엄마, 아빠가 얼마나 기쁜지,

딸들을 통해서 하나님이 우리를 창조했을 때의 기쁨을

알 수 있었어.

엄마, 아빠는 딸들에게 다짐하고 싶은 것이 있어.

먼저, 딸들이 어리다고 무시하거나

딸들의 말을 가볍게 생각하지 않으려 노력할게.

작은 일이라도 딸들과 관련된 일은

지금부터 대화하고 상의할게.

그리고 엄마 아빠는 딸들이 하나님 안에서 받은 비전과

딸들이 하고자 하는 모든 일을 언제나 지지하고 응원할 거야.

또 엄마, 아빠의 욕심으로 딸들을 기르지 않도록 노력할게.

엄마 아빠가 실천하지 못하는 일을

딸들에게 요구하지 않는 부모가 될게.

딸들에게 바라는 한 가지가 있다면,

딸들이 어떤 일을 하든지 그 일의 이유가

돈이나 명예나 인기 때문이 아니라

하나님을 사랑하고 이웃을 사랑하는

마음에서 했으면 좋겠어.

약한 자의 편에 서며, 정의로운 사람으로 자라가자.

딸들아, 한 치 앞도 알 수 없는 연약한 우리

시간의 소중함을 알고 하루하루 주어진 것에 감사하며

성실하게 사랑하며 살자.

봐도 봐도 예쁜 우리 딸들….

딸들이 우리의 자녀와 소유가 아닌

하나님의 자녀와 소유임을 잊지 않고

항상 사랑하며 존중하며 살길 소망한다.

사랑해.

—첫 생일에 엄마, 아빠가 딸들에게—

4장

사랑하면
함께 성장합니다

스마트폰과의 전쟁,
어떤 전략을 세워야 할까?

"엄마, 아빠 우리는 언제 스마트폰 사줄 거예요?"
"친구들 다 스마트폰 있단 말이에요."

이걸 어쩌나…. 논리와 합리로 무장하여 반격해야 하나?

'친구들이 스마트폰 있다고 사랑이도 꼭 있어야 하니?'
'친구들은 없고 사랑이에게 있는 것 찾아볼까?'
'사랑이에겐 있고 친구들에게 없는 것도 많아.'
'사랑이가 사고 싶은 물건은 사랑이 돈으로 사야지?'

반박할 수 있는 말이 떠올랐다. 마음을 다스리고, 속으로 잠시 기도하며 지혜를 구했다. 그래, 스마트폰의 장단점을 설명해 주는 거다!

스마트폰이 있으면 엄마, 아빠와 언제든지 연락할 수 있고 사랑이의 위치도 언제든 알 수 있다고 알려주었다. 궁금한 것을 검색으로 알아볼 수도 있고 사진 편집도 할 수 있다는 장점을 얘기했다. 반면에 스마트폰 사용이 우리가 서로 사랑하는 데 방해가 된다는 것과 많은 중고등학생, 심지어 성인까지 중독된 현실을 이야기해 줬다. 책상 정리, 이불 정리, 방 정리 등 먼저 자기 할 일을 잘하는 사람이 멋진 사람이라고도 가르쳤다. 스마트폰을 스스로 조절하며 사용할 자격이 된다면 언제든지 사주겠다고 했다. 또, 고가의 물품인 만큼 잘 챙기고 다니는 책임감이 필요하다는 얘기도 해 주었다. 물론 지금도 책상이나 방 정리, 양치질 등 지시하지 않으면 안 하는 경우가 태반이긴 하지만 애쓰는 노력이 가상해서 2학년 때 스마트폰을 사줬다.

이젠 스마트폰 사용 시간을 약속해야 할 때가 왔다. 가족이 함께 모여서 회의하고 하루에 20분만 사용하기로 정했다. 그런데 문제는 스마트폰으로 게임이나 영상 시청만 하지 않는다는 것이다. 카톡, 문자, 전화로 핸드폰을 만지작거리는 시간이 많았다. 이 시간을 20분에 포함하자니 너무 매정하고, 허용하면 핸드폰이 닳아 없어질 것 같았다. 그러던 중 〈금쪽같은 내 새끼〉에서 스마트폰 중독에 관련된 사례를 방영했다. 오은영 박사는 아이와 부모에게 '스마트폰 보관함' 솔루션을 제시했다. 평상시에 스마트폰을 보관함에 넣어놓고 약속한 시간만큼만 사용하는 거다. 너무 좋은 방법이었다. 열쇠로 여는 보관함까진 필요 없을 것 같아서 냉장고에 탈부착할 수 있는 작은 핸드폰 보관함을 구매했다. 평소에는 보관함에 넣어놓고 필요할 때만 사용하기로 가족과 약속했다.

자녀들에게 스마트폰 사용을 절제하라고 가르치니까 이젠 자녀들도 날 가르친다. 왜 아빠만 스마트폰을 하냐고 한다. 업무나 필요 때문에 할 때도 있지만 유튜브 영상도 많이 시청했다. 결국 자녀에게 핸드폰을 절제하라고 말하려면 내가 먼저 절제하는 모습을 보여줘야 했다. 부모가 먼저 핸드폰과의 전쟁에서 승리하여 모범을 보이지 않으면 자녀는 도저히 승리하기 어려워 보였다. 지시나 명령은 일시적으로 효과가 있을지 모르지만, 장기적으론 효과가 없었다. 부모가 먼저 테이블에서 책을 보고 핸드폰을 절제하는 모습만이 아이들에게 영향이 있었다. 부모가 자녀에게 에너지를 쏟는 만큼 자신에게도 에너지를 쏟고 관리를 하며 성장을 도모해야 했다. 나의 성장 없이는 자녀 성장도 없었다.

가족이 함께 외식할 때도 스마트폰에 대한 유혹이 다가온다. 유튜브 영상을 틀어주면 세상 편하게 음식을 즐길 수 있다. 괜히 인심 쓰는 척하면서 스마트폰을 주더라도 딸들은 다 안다. 부모가 편하게 밥 먹으려고 스마트폰을 준다는 것을. 잠시 편해지자고 외식할 때 영상 시청을 허용하면, 부모에 대한 신뢰는 떨어지고 가정에서 스마트폰 사용 교육도 어려워진다. 일관성을 유지하기 위해 불편하더라도 절대로 스마트폰을 주지 않았다. 가끔 지치고 힘들 때 아내와 편하게 식사하고 싶은 유혹이 다가온다. 외식할 때 핸드폰을 쓰면 집에서도 더 생각이 나겠지? 지금 좀 힘들더라도 꼭 참아야 아이들이 중학생, 고등학생이 되어서 더 편할 것 같았다.

요즘 아이들은 유튜브나 게임을 등지고 살기 어렵다. 집에서는 절제한다 해도 학교에 가면 많은 친구가 스마트폰을 가지고 게임을 하고 있으니 당연히 하고 싶은 마음이 든다. 뉴스, 영화, 공부, 은행 일 등 삶 속 깊숙한 곳까지 스마트폰이 자리를 잡았다. 삶에 필요할 때가 많다. 다만 조절이 필요하다. 지하철을 타면 열 명이면 열 명 모두 스마트폰을 한다. 거북목인 사람도 많이 생겨나고 길에서 스마트폰 보다가 사고도 자주 발생한다. 아이뿐 아니라 성인도 스마트폰에 중독된 삶을 살고 있다.

모두가 스마트폰 절제의 필요성은 알지만 실천하기가 쉽지 않다. 사람끼리 서로 부대끼고, 이야기하고, 소통하고, 어우러져 지내야 하는데 스마트폰이 방해한다. 스마트폰은 사람들을 단순히 영상에 중독시키는 문제를 넘어 사람과 사람 사이의 관계를 파괴한다. 가족도, 이웃도 점점 멀어지고 소통이 단절된다. 개인주의가 강해지고 서로 냉담해지는데 스마트폰이 한몫했다. 장단점이 너무 극명한 스마트폰. 결국 스스로 조절하여 필요할 때 적절하게 사용해야 한다. 내가 사용하는 요금제처럼 아이들도 통화/데이터제한 요금제를 사용하고, 아이들과 상의하여 핸드폰과 앱 사용 시간에 제한을 두었다.

모든 영상이 무익한 것이 아니기에 아이들이 추가로 영상을 보고 싶어 할 때는 교육적이거나 전문 지식을 전달하는 영상을 시청했다. 의외로 아이들이 호기심을 가지고 집중해서 시청했다. 특히 자연환경에 대한 영상은 자녀들이 호기심을 가지고 시청했다. 동물은 모든 아이들이 좋아한다.

아마 이 전쟁은 쉽사리 끝날 것 같지 않다. 앞으로도 승리와 패배를 반복하며 지내겠지…. 그래도 너와의 전쟁을

끝까지 포기하지 않을 거다. 스마트폰아!

냉장고에 붙어 있는 스마트폰 바구니

2

부모는 자녀의 거울입니다

"아~ 정말 아프다!"

"온유아, 정말 사랑한다. 사랑해!"

"아빠, 나 미워하지?"

"아니야, 아빠가 온유 안 미워해."

"장난감 안 치워서 나 미워하지?"

"아니야…. 아빠가 우리 온유 사랑하지…."

온유를 사랑한다고 이야기했는데 온유는 자신을 미워하냐고 되물었다.

그렇다. 그 순간은 속으로 온유를 미워했었다.

온유가 거실에서 놀면서 여기저기 장난감을 어질러 놓았다. 몇 번 정리하라고 했는데, 말을 안 들었다. 거실을 지나가다 장난감을 밟았다. 너무 아팠다. 짜증과 화가 머리끝까지 올라왔다. 되도록 언어를 순화시켜서 이야기하는 것을 좋아해서 화를 억누르며 사랑한다고 이야기했다. 물론 얼굴은 일그러져 있었다.

평소 언어의 중요성을 자주 이야기한다. 딸들에게 말의 위력에 관해 설명하고, 말하는 대로 행동도 마음도 변한다고 가르쳤다. 그래서 '귀신같이 안다.'라는 표현도 바꿔서 '천사같이 안다.'라고 이야기한다. 그 정도로 말은 중요하다. 자녀 앞에서 나와 아내는 단 한 번도 욕이나 비속어를 해본 적이 없다. 장난이라도 욕이나 비속어는 쓰지 않는다.

말만 신경을 쓰고 표정이나 감정에 대해서는 무감각했다. 사랑한다고 이야기했지만, 얼굴은 일그러져 있었고 말투는 공격적이었다. 톤도 상당히 올라가 있었다. 사실 어느 정도 인지 능력만 있으면 누구라도 장난감을 밟은 그 순간은 내가 온유를 사랑하지 않았다는 것을 알 것이다. 그걸 숨기고 내 마음을 반대로 이야기했다. 그 당시 온유는 다섯 살이었다. 당연히 모를 거라 생각했다. 사랑한다고 이야기하니 사랑한다고 받아들이길 바랐다.

나의 기대와 바람과는 다르게 온유는 나의 마음을 알고 있었다. 그리고 상황에 대한 이해도 있었다. 장난감을 치우라고 아빠에게 몇 번 이야기를 들었고 결국 치우지 않은 그 장난감을 아빠가 밟았다. 이 모든 상황을 이해하고 그 상황에 맞게 아빠가 기분이 안 좋았던 것을 눈치 챘다. 그렇게 별다른 설명 없이 찜찜한 상태로 상황이 정리되었다.

그러던 어느 날 온유랑 사랑이랑 다퉜다.

"사랑이 언니? 사랑한다. 사랑해!"
"뭐야, 어온유~."

"뭐긴 사랑한다고."

"거짓말하지 마. 눈 크게 뜨고, 인상 쓰고 화난 거 다 아는데!"

"그래도 사랑한다고 말했잖아!"

충격이었다. 온유가 나의 행동을 그대로 따라 했다. 사랑이와 서로 싸우는데 화났으면서 말로만 사랑한다고 했다. 온유의 마음을 눈치챈 사랑이는 더 기분 나빠했다.

'자녀는 부모의 거울'이라는 건 알고 있었지만 실제로 마주하니 정말 충격이었다. 그 상황이 너무나도 소름 끼쳤다. 내 말과 행동이 자녀에게 고스란히 전달되었다. 온유도 기분이 안 좋았는데 '사랑한다.'라는 말만 했다.

결국 아이들을 불러 모았다. 다른 건 못해도 사과는 잘하는 아빠이기에 온유에게 사과했다. 진실하지 못했던 부분과 온유가 어리다고 잘 모를 거라 생각했던 부분을 사과했다. 장난감을 치우지 않아서 기분이 상해 있었고 그런 상태에서 장난감을 밟으니, 화가 났었다고 솔직하게 이야기했다. 감사하게도 온유가 사과를 받아줬고 사랑이에게도 사과했다.

부모가 아이들의 일거수일투족을 다 보고 있듯이 아이들도 부모를 다 보고 있었다. 부모의 눈빛, 마음, 말투 등 모든 것을 보고 있었다. 아이들이라서 모르리라 생각했던 것이 나의 가장 큰 착각이었다. 내가 어렸을 때를 떠올려 보면 당연한 일이다. 어려서 모든 상황을 정확하게 판단하고 이해하는 것은 아니지만, 부모님이나 선생님이 어떤 동기와 마음으로 한 행동인지는 알았다. 그냥 저절로 알았다. 부모가 한 행동을 의식하고 따라 하진 않을지라도 어른의 행동을 닮아 갔다. 그게 좋은 행동이든, 나쁜 행동이든 말이다.

오늘 하루도 우리 아이가 닮아 갈 나의 모습이 어땠는지 돌아본다.

주위에서 담배 피우는 사람이
너무 미워요

결혼하고 자녀를 낳아보니 이전과는 삶의 태도가 많이 변했다. 그중에 가장 극명하게 변한 것은 흡연자를 바라보는 시각이다. 자녀를 낳기 전에는 흡연자를 별로 의식하지 않았다. 나 역시도 흡연자였고 담배를 끊기가 힘들었던 시절이 있었다. 지금도 건강에 해롭지 않고 타인에게 피해를 주지 않는다면 당장이라도 담배를 피울 것이다. 그래서 많은 사람이 담배는 끊는 것이 아니라 참는 것이라고 한다. 너무나도 동의하는 말이다. 담배를 끊기로 작정하고 1년

이상 성공과 실패를 반복했었다. 이런 내가 담배를 끊게 되고 지금은 흡연자를 경멸하는 지경에 이르렀다. 온전히 가족과 자녀 때문이다.

자녀들과 함께 외출할 때 길에서 흡연하는 사람을 보면 분노 지수가 한없이 올라간다. 화가 나서 한마디 하고 싶은데 명분이 없어 아무 말 못 한다. 길에서 담배 피워도 법에 어긋나지 않기에 뭐라 할 말이 없다. 그냥 살짝 째려보고 만다. 어쩌면 나한테 한마디 먼저 해주길 바라는 마음이 있는 것 같다. 뭐라고 한마디 하면 맞장구치고 같이 말싸움이라도 하고 싶은가 보다.

담배는 백해무익하다고 하지 않나? 보통 안 좋은 것도 나름대로 장점이 있는데 담배는 하나부터 열까지 다 해롭다. 안 좋은 담배를 참 많이도 피운다. 아예 안 만들면 안 되나? 아니면 법을 바꿔서 머리 전체를 감싸는 통 같은 걸 쓰고 담배를 피우면 좋을 것 같다. 좋은 담배 연기 밖으로 안 나가고 흡연자 혼자 다 마시게. 이만큼 흡연자를 향한 분노가 내 안에 많이 차올랐다.

어느 여름날, 집에서 딸들이랑 놀고 있는데 담배 냄새가 솔솔 났다. 참을 수가 없었다. 법에 어긋나는 행동은 아니지만 실내로 담배 연기가 들어오기에 가만히 있을 수 없었다. 창밖을 보니 입구에서 누군가 담배를 피우고 있었다. 현장 검증만이 살길이라는 생각으로 재빨리 뛰어 내려갔다. 현장에 도착했을 때는 이미 연기만 남기고 범인은 바람같이 사라지고 없었다. 내가 안일했다. 다음에는 확인하지 않고 냄새를 맡자마자 바로 내려가기로 다짐했다.

며칠 뒤에 또 담배 냄새가 올라왔다. 뒤도 돌아보지 않고 바로 내려갔다. 내려가는 나에게 아내는 싸우지 말라고 걱정스러운 말투로 이야기했다. 재빨리 내려가서 드디어 범인과 마주쳤다. 치밀어 올라오는 화를 참고 이야기했다. "죄송한데 담배 연기가 집으로 올라옵니다. 다른 곳에서 피워 주시면 좋겠습니다."라고, 정중하게 이야기했다. 다행히 죄송하다고 하면서 담배를 바로 꺼 주셨다. 이후에는 감사하게 길가로 나가서 담배를 피우시더라. 여러 가지 생각이 들었다. 우리 집 앞이 아니라고 해서 끝이 아니구나. 길가를 다니는 사람이 피해를 보고 근처 다른 집으로 담배 연기가 들어갈 수도 있겠구나. 이걸 어떻게 해야 하나….

한 번은 가족 모두 함께 도서관에 갔다. 그런데 어떤 아저씨가 주차장에서 담배를 피우고 있었다. 금연 구역 표시도 보였다. 드디어 걸렸다는 생각으로 한마디 했다.

"아저씨, 여기 금연 구역이에요!"

아저씨도 기분이 나빴는지 시비조로 따지기 시작했다. 결국 말다툼을 하게 되었고 몸싸움으로 이어질 뻔했다. 경찰도 오고 난리였다. 경찰이 와서 중재하고 양쪽 이야기를 들었다. 흡연자가 내 멱살을 잡고 신체 접촉도 했기에 나에게 사과하면서 일단락되었다. 그사이 내가 열을 내면서 싸우는 모습을 보고 아이들은 울고불고 난리가 났다.

아이들을 위해 금연 구역에서 담배를 피우는 사람을 물리쳤는데 도리어 아이들에게 안 좋은 기억을 남겨주게 되었다. 난생처음 분노한 아빠의 모습을 본 아이들은 너무 놀랐고 아빠가 다칠까 봐 무서웠다고 한다. 딸들에게 미안하다고 사과했다. 자녀를 너무 사랑하는데 사랑하는 마음이 지나쳤다. 딸들을 사랑해서 담배 냄새를 조금도 맡게 하고 싶지 않았고 누군가 흡연하는 모습조차도 보여주고 싶지 않았다. 이런 마음이 어쩌면 내 욕심이지 않았나 싶다. 아내랑 많은 이야기를 나누며 반성했다.

그 이후 흡연자를 바라보는 눈빛이 조금씩 달라지기 시작했다. 조금 더 이해하고 어떻게 하면 사랑할 수 있을까? 고민했다. 고민하던 중 함께 미라클 모닝을 하는 선생님이 40일 동안 한 가지씩 실천할 행동을 정해서 챌린지를 하자고 제안하셨다. 문득 아이디어가 떠올랐다.

딸들과 길거리 담배꽁초 줍기!

길을 걷다 보면 거리에 담배꽁초가 참 많다. 딸들이 어렸을 때 놀이터에서 놀고 쓰레기를 주웠던 경험이 있기에 딸들에게 40일 동안 담배꽁초를 줍자고 제안했다. 우리가 하나님이 만드신 지구를 아름답게 지키자고 했더니 감사하게 딸들이 함께 해줬다. 그렇게 40일 동안 매일 하루도 빠지지 않고 집 근처 담배꽁초와 쓰레기를 주웠다. 사진을 찍고 단체 카톡방에 인증 사진을 올렸다. 선생님들도 카톡 인증 사진을 보고 딸들을 칭찬했다. 나와 딸들이 담배꽁초 줍는 모습을 보고 지나가는 어른들이 칭찬했다. 반면 흡연하는 사람들은 민망해했다. 사진을 편집하고 유튜브에 올리면 더 좋겠다는 생각이 들어서 미션이 끝나고 유튜브에도 올렸다. 딸들은 즐겁게 미션에 참여했다.

여러 감정이 들었다. 아무리 딸들을 위했어도 분노와 화는 오히려 독이 되었다. 분노를 가라앉히고, 사랑함에 초점을 맞췄더니 다른 길이 보였다. 가족을 사랑한다는 명분으로 타인을 미워하면 안 된다. 가족을 위한다고 가족에게 피해를 주는 사람에게 배타적으로 행동하면 결과적으로 가족을 위한 것이 아니게 된다.

혼자만 그리고 우리 가족만 잘 살 수는 없었다. 이웃과 사회와 함께 서로 사랑하고 공존하며 살아가야 한다.

자세한 영상은 유튜브에서 '쓰레기 줍기 40일간의 도전'을 검색

집 앞에 담배꽁초 줍기

물건을 대하는 태도가
사람에게도 이어집니다

사랑이가 아빠와 체스를 두다가 졌다. 아쉬워서 책상을
손으로 '탁' 쳤다.

"사랑아, 책상한테 미안하다고 했으면 좋겠어."
"왜요? 책상은 안 아프잖아요."
"책상이 아픈지 안 아픈지 어떻게 알아?"
"책상은 사람도 아니고, 물건이잖아요."
"동물은 사람이 아닌데 아프잖아?"

"동물이랑 책상이랑은 다르잖아요?"

"사실 아빠도 책상이 아플지 안 아플지는 잘 몰라. 그래도 혹시 아플 수도 있고 속상할 수도 있으니 미안하다고 했으면 좋겠어. 우리가 책상을 소중하게 생각해야 책상도 우리를 소중하게 생각하지 않을까? 그리고 물건을 만들기 위해 땀 흘리며 노력한 사람에 대한 예의가 아닌 것 같아."

"알겠어요. 아빠."

"책상아, 미안해."

평소에 물건을 소중하게 다루려고 노력한다. 어렸을 때 책이나 학습지가 찢어지면 울면서 테이프로 붙이곤 했다. 어렸을 때 기억이 지금도 남아 있는지 자녀들에게도 물건을 소중히 여겨 던지거나, 치거나, 함부로 대하지 말라고 가르친다. 더 나아가서 물건에게도 사과하자고 권유한다. 주위 여러 물건 덕분에 우리가 편하고 행복하게 살고 있다. 노트북, 컵, 책상, 의자, 수첩, 시계, 옷, 책 등 모두가 인간을 위해 만들어졌다.

생각이나 의지가 없는 단순한 물건일지라도 많은 사람의 땀과 노력의 결과물이다. 그 물건을 소중하게 생각하지 않는 것은 물건을 만든 사람에 대한 예의가 아니다. 내가 어떤 물건을 만들었는데 다른 사람이 소중하게 생각하지 않으면 속상할 것 같다. 당장 우리 주변에 핸드폰, 의자, 컴퓨터, 책 등이 송두리째 없어진다고 생각하면 정말 끔찍하다.

작고 쓸모없는 물건을 소중하게 생각해야 이 태도가 사람에게도 이어진다. 경쟁에서 살아남은 사람만이 인정받는 사회다. 가난한 사람보단 부한 사람, 사원보단 사장, 중소기업보단 대기업, 못생긴 사람보다는 잘생긴 사람, 무능력한 사람보다는 능력이 많은 사람이 존경과 높임을 받는 시대다. 누가 냄새나고 더러운 사람을 좋아하겠는가? 향기롭고 깨끗한 사람이 좋지.

어차피 양지에 있는 사람은 많은 사람이 좋아하니 딸들은 음지에 있는 사람에게 손을 내밀었으면 좋겠다. 주변에 가까이 있는 물건은 언제든지 쓰다가 버릴 수 있다. 소중하게 생각하지 않고 던지거나 금방 버리는 태도가 사람을 대할 때도 영향을 미친다. 비싼 물건은 소중하게 생각하지 않는가? 같은 논리다. 물건에 너무 많은 의미를 부여한다고 생각할 수 있겠다. 그러나 결국 내 삶의 방향을 결정하는 것은 평소 태도나 마음가짐이다. 작은 것을 소중하게 생각하는 마음과 태도가 사회적 약자에게 대하는 태도로 이어진다.

눈에 보이지 않는 사람의 노고와 작은 것을 소중하게 생각할 줄 아는 마음, 두 가지를 가르쳐 줄 수 있는 가장 좋은 방법은 보잘것없어 보이는 물건을 소중하게 생각하는 것이다. 결과와 성과를 강조하고 과정과 노력을 잊기 쉬운 시대에 딸들이 꼭 기억했으면 좋겠다. 이런 마음을 품고 살다 보면 나도 딸들도 사회에 따뜻함을 조금씩 전하는 삶을 실천할 수 있으리라 믿는다.

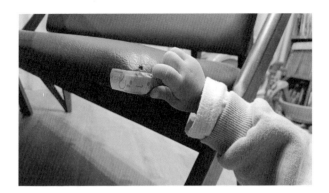

찢어진 의자에 붙인 밴드

5

세월호 사건은 나에게 무슨 말을 했는가?

학교에 가는데 학생을 만났다.

"선생님 배가 침몰했어요. 뉴스 보셨어요?"
"배가 침몰하다니 무슨 말이야?"

처음에는 영화 이야기인 줄 알았다. 제자 이야기를 듣고
인터넷 검색을 해보니, 세월호가 침몰했다는 기사로 도배
되어 있었다. 충격이었다. 아직은 너무 이른 죽음이었다.
그 이후 많은 여파가 생겨났다. 특히 선장에 대한 비난은

멈추지 않았다. 선장으로서 책임을 다하지 않고, 먼저 탈출했기에 마땅한 비난이었다. 나 역시도 처음에는 많은 사람에게 책임을 묻고 싶었다. 누구 하나 책임지는 사람은 없었고 비난만 허공에 떠돌 뿐이었다.

그런데 문득 의문이 들었다.

'나라면 선장보다 더 정의롭게 행동하고 올바르게 판단해서 대처할 수 있었을까?'

이 의문은 '타인을 위해 내 목숨을 바칠 수 있을까?'라는 질문으로 이어졌다.

결혼하기 전에는 정말 자유로웠다. 정의, 평등, 공평, 인권 등에 관심이 많고 예수님이 나의 죄를 위해 죽으셨기에 평소에 타인을 위해 언제든지 목숨을 버릴 생각으로 살았다. 물론 막상 그런 상황이 닥쳤을 때 정말 실행할 수 있을지는 모르는 일이다. 평소에도 주변에 불의한 일을 보고 그냥 지나치지 못한다. 좀 무식해 보일지 모르지만, 손해를 보더라도 참견하는 편이다. 이런 성격 때문에 증인 신분으로 경찰서도 몇 번 갔다.

임산부가 지하철에서 앉지 못하고 서 있는데 어떤 남성이 임산부석에 앉아 자고 있었을 때도 가만히 있지 못한다.

"아저씨, 여기 임산부석이에요."

아저씨가 죄송하다며 자리를 비켜주셨다. 재미있는 게 내가 먼저 한마디 하니까 주변 사람들도 함께 이야기했다.

"맞아요. 여기 임산부석이에요."
"임산부석에 앉으면 안 돼요."

주변 사람들이 힘을 보태주셨다. 가끔 두려운 마음이 들기도 한다. '화를 내거나 시비를 걸면 어떻게 하지?'라는 생각이 든다. 그런데도 딸린 식구가 없으니 일단 이야기하고 봤던 나였다. 이랬던 내가 세월호 사건을 보고 두려운 마음이 밀려왔다.

'사랑하는 가족을 두고 내가 타인을 위해 목숨을 버릴 수 있을까?'

이 질문이 한동안 내 머릿속에서 떠나지 않았다. 마음은 목숨을 버릴 수 없다는 쪽으로 계속 기울어졌다. 내가 죽으면 남은 가족은 누가 먹여 살릴 것이며 가족들이 너무 보고 싶을 것 같았다. 나도 어쩔 수 없이 세월호 선장처럼 이기적인 선택을 하겠지. 사랑하는 가족을 위해서 사회가 비판하고 욕을 하더라도 감수해야 했다. 우리 가족을 위해서. 그런데 문제는 사랑하는 가족을 위해서 내가 할 수 있는 일이 별로 없다는 것이었다. 24시간 함께 다니는 것도 아니고 언제 어디서 딸도 세월호와 같은 사고를 당할지 알 수 없었다. 화진포에서 경험하지 않았는가?

이런 생각이 내 머릿속을 떠나지 않았다.

'나 역시도 세월호 선장처럼 행동할 것인데 비판할 수 있을까?'

세월호 선장을 비판할 수 없었다. 왜냐하면 나 역시도 내 가족을 위해서 세월호 선장과 동일한 선택을 할 것이기 때문이다. 나도 타인을 위해 목숨을 버릴 준비가 안 되어 있는데, 타인이 내 가족을 위해 목숨을 버려달라는 것만큼 이기적인 태도가 어디 있을까.

그렇게 고민하고 고민하다가 결국 타인을 위해, 아이들을 위해, 학생을 위해 목숨을 버리는 교사가 되어야겠다고 결론을 내렸다. 거창하게 윤리나 도덕, 배려 등을 위해서가 아니다. 나와 가족을 위해서 내린 이기적인 결정이다. 내가 우리 가족을 위해서 매 순간 지켜주고 보호할 수 없다면, 내가 할 수 있는 최선은 '남들이 내 가족에게 해주길 바라는 행동을 내가 남들에게 하는 것'이다. 이런 태도로 살아야지 내 가족이 불의한 일을 당했을 때 부끄럽지 않게 큰소리칠 수 있지 않겠는가?

내가 하는 작은 희생이나 선행이 가족에게 돌아온다는 법은 없다. 이기적으로 살면 아무것도 돌아오는 게 없지만, 내가 손해를 보더라도 타인을 위해 베풀었던 선의의 행동을 본 사람들이 조금이나마 마음에 감동한다면 다른 곳에서 이타적인 행동을 하지 않을까? 그 선한 행동으로 인해 계속 주변 사람들에게 영향이 가고 그렇게 돌고 돌아서 사랑하는 내 가족에게도 왔으면 좋겠다.

내 가족이 위험에 처할 때 가까이에 있는 사람이 손해를 무릅쓰고 도와줬으면 좋겠다. 죄송하지만 더 나아가 생명을 던져서라도 도움을 줬으면 좋겠다. 나도 생명을 다해 이웃을 도울 테니.

세월호 사건은 나에게 정말 많은 고민과 생각을 하게 만들었다. 마치 나에게 이렇게 외치는 것 같았다.

"네 자녀도 당할 수 있는 사건이야. 다른 사람을 비판하기 전에 너 자신을 돌아봐. 너도 할 수 없는 일을 다른 사람에게 요구하지 마."

이제는 세월호의 질문에 내가 삶으로 답변하며 살아야
한다.

6

아버지를 용서하게 되었어요

어렸을 때부터 부모님은 서로 자주 다투셨고 결국 내가 고등학교 때 아버지와 어머니가 별거하셨다. 별거하신 뒤로 오히려 나와 여동생, 어머니는 행복한 삶을 살았다. 아버지와 어머니의 갈등과 다툼을 보며 긴장할 필요가 없었다. 평화로운 나날이 시작됐다. 아버지 없이 몇 년을 지내다가 문득 드는 생각이 있었다.

'아버지 없는 평화가 진짜 평화일까?'

스무 살이 되고 신앙심이 조금씩 자라기 시작하면서 하나님은 내 안에 '가정 회복'이라는 꿈을 심어주셨다. 잊고 살았던 아버지가 생각났다. 안 보고 몇 년 사니 미워하는 마음은 어느 정도 사라졌다. 하지만 아버지를 용서하거나 집에 모시고 들어와 함께 살고 싶진 않았다. 지금 이대로가 좋았고 이미 몇십 년을 힘들게 살았기에 아버지가 다시 집에 들어와도 다툼이 반복되지 않는다고 장담할 수 없었다. 이러지도 저러지도 못하고 있는 상황에 우연히 기회가 찾아왔다.

예비 아버지 학교

군대에 있는 교회에서 '예비 아버지 학교'를 운영했다. 감사하게도 참여할 기회가 생겼다. '예비 아버지 학교'는 기독교 단체인 두란노 아버지 학교 운영 본부에서 후원하는 프로그램이다. 명칭 그대로 아버지가 되기 전에 교육받는 프로그램이다. 2박3일 동안 스태프분들에게 큰 사랑을 받았다. 여러 가지 프로그램을 통해 아버지를 이해하게 되었고, 받았던 상처가 치유되었다. 마지막 날에 아버지께

보내는 편지를 많은 사람 앞에서 눈물을 흘리며 읽었다. 그때 아버지를 용서하게 되었다.

아직도 나를 사랑해 주신 아버지와 같은 스태프분의 인자함이 기억에 남는다. 아버지 역시 할아버지에게 많은 상처를 받았다. 돈을 열심히 벌어서 자식들 먹여 살리고, 대학 보내는 것이 아버지의 역할이라고 생각하며 키우셨다. 아버지의 세계관 안에서 최선을 다하셨다. 하지만 상처는 대물림 되었다. 이젠 가계에 흐르는 상처를 내 대에서 끊어야 할 때가 왔다. 아버지를 다시 집에 모시고 오기로 작정했다. 제대하고 매일 새벽 예배에 가서 아버지가 집에 들어오게 해달라고 기도했다. 그렇게 1년 가까이 기도를 했다.

나머지 가족들이 받은 상처도 치유가 필요해요

다시 가족이 함께 사는 것은 나만 치유된다고 해결되는 문제가 아니었다. 동생과 엄마가 받은 상처 역시 치유가 필요했다. 먼저 동생과 많은 대화를 나눴다. 감사하게 가장 큰 피해자 중 한 명이었던 동생이 아버지를 용서했다. 이제 어머니 차례였다. 어머니는 오히려 받아들이기 힘들어하셨다. 주위에서 다들 아버지를 용서하라고만 하셨다고 한다. 피해자인 어머니는 용서를 강요받는 느낌이라고 하셨다. 몇 차례 함께 기도하며 어머니와의 오랜 대화 끝에 드디어 어머니의 마음도 열렸다.

그런데 아버지가 집에 들어오기 싫으신 건 아닐까?

작은아버지의 중재로 아버지와 연락이 닿아 내가 먼저 아버지를 만나 봤다. 아버지가 거주하고 계신 곳은 참담했다. 술과 담배 냄새가 진동했다. 아버지는 막노동 일을 하시고 매일 술을 드시며 하루하루 지내고 계셨다. 믿음으로 기도했지만, '정말 아버지를 집에 모시고 올 수 있을까.' 하는 의문이 들었다. 따로 떨어져 산지 많은 세월이 흘렀고 아버지와 우리는 너무 다른 삶을 살고 있었다.

다행히 아버지는 집에 들어오고자 하는 마음이 있었다. 많은 우여곡절 끝에 어머니와 아버지가 만났다. 서로 존댓말을 하며 조심하는 모습이 보였다. 처음은 간단하게 식사하고 헤어졌다. 아버지의 얼굴을 본 어머니는 자신이 없다고 하셨다. 가장 강력하게 두 분의 화합을 생각했던 나도 놀랐으니, 어머니의 반응은 당연했다.

몇 번의 만남 끝에 서로의 마음과 의지를 확인하고 다시 아버지는 집에 들어오셨다. 어려움이 있을지는 예상했지만, 생각보다 더 어려웠다. 기존에 있던 마찰과 수년간 떨어져 살았던 시간까지 더해져 갈등의 골은 오히려 더 깊어졌다. 어머니와 아버지는 별거 전만큼 심하게 다투셨다. 혼자 살던 아버지는 가정 안에서의 공동체 생활도 어려워하셨고 어머니와의 갈등 때문에 몇 번이고 다시 집을 나가셨다. 어머니와 아버지를 설득하고 다시 모시고 들어오는 일은 나의 역할이었다.

1년간 큰 갈등을 겪으며 우리 가족은 성장통을 겪었다. 동생도 나름대로 힘들었을 것이다. 갈등만 존재했던 가정에 화해가 등장하기 시작했다. 그렇게 우리 가족은 서로를 조금씩 이해하며 어린아이처럼 자라났다. 감사하게도 지금은 어머니와 아버지는 서로 이해하시며 잘 지내신다. 아버지도 어머니의 상처를 감싸시고, 어머니 역시도 아버지의 상처를 감싸신다.

아버지를 용서하고 다시 집으로 모셔 오기가 쉽지 않았다. 중간중간에 '내가 왜 이렇게까지 해야 하지?' 하는 생각도 들었다. 내가 의지한 것은 진짜 아버지인 하나님의 사랑과 미래의 내 가족이었다. 먼저 나의 진짜 아버지인 하나님의 사랑에 대한 감격이 나를 이끌어 주셨다. 하나님을 만나고 '행복한 가정'을 꿈꾸게 되었고, 이 꿈이 현실이 되기 위해서는 지금 내가 속한 가정을 사랑하는 것이 먼저였다. 지금 옆에 있는 가족을 사랑하지 않으면서 미래의 내 아내와 자녀들과 행복한 삶을 꿈꾸는 것은 어리석어 보였다. 그렇게 원가정을 사랑했던 노력이 지금 내 아내와 자녀들에 대한 사랑으로 이어졌다.

원가정에서 받은 상처를 치유하지 않고서는 가계에 흐르는 부정적인 영향을 끊기 어렵다. 가계에 흐르는 부정적인 것이 무엇인가 찾아야 한다. 혼자의 힘으로 어렵다면 종교나 상담 등의 도움이 필요하다. 가계에 대물림 되는 저주가 너무 커서 어떨 땐 인식조차 하지 못한다. 이젠 행복한 가정은 공상 속의 이야기가 돼버린 현실이 슬프다. 공상 속의 일이지 현실에선 일어나기 힘든 일이라는 생각이 만연하게 퍼져 있다. 나도 힘들고 주변 가정도 모두 힘들기 때문이다. 뉴스에서 나오는 소식 또 어떠한가? 가정폭력, 아동학대 등 비참한 소식만 들린다.

나도 비참한 현실에서 살았다. 비참한 현실에서도 찾아오는 작은 기회들이 있었다. 이 작은 만남이 나에게 큰 만남으로 다가왔다. 꿈과 희망이 생겼다. 주변에서 부정적으로 이야기해도 신경 쓰지 않았다. '행복한 가정을 만들기'란 큰 꿈을 가지고 조금씩 정진했다. 부족하기에 우여곡절이 많았지만 조금씩 조금씩 성장했다.

서로 용서하고, 보듬으며, 행복한 가정을 함께 꿈꾸며 살길 바란다.

에필로그

현재의 삶은 과거보다 풍족해졌지만, 살아감은 더 힘들어졌다. 노후 걱정, 주거 문제 등으로 부모가 힘듦과 스트레스를 해소하지 못하면 고스란히 자녀에게 전달된다. 바쁘고 빠른 세상 속에서 자녀를 사랑하기 위해서 부모 스스로 자신을 돌아봐야 한다. 부모가 부모 자신을 찾아갈 때 자녀 역시 부모를 보며 자신을 찾아간다. 세상의 속도에 이끌려 정작 중요한 것을 놓치고 살아가고 있지 않나 돌아본다.

가정의 행복도 빈익빈 부익부의 법칙이 적용된다

부모가 자녀를 올바르게 사랑하면 자녀는 그 사랑을 양

분 삼아 성장한다. 그 사랑을 다시 부모에게 전달한다. 부모는 자녀의 사랑을 받아 더 힘이 나고 자녀를 더 깊이 사랑한다. 이런 상황이 몇 번 반복되면 어느새 가정은 작은 천국이 된다.

부모의 삶이 힘들고 지쳐 상처가 치유되지 않아 자녀에게 대물림 되면 자녀에게 부정적인 영향을 끼친다. 부정적 영향을 받은 자녀는 부모에게 더 근심을 끼치고 부모를 힘들게 한다. 부모는 말 안 듣는 자녀를 보고 더 화를 낸다. 자녀는 그 화를 양분 삼아 더 어긋난다. 이런 상황이 몇 번 반복되면 어느새 가정은 작은 지옥이 된다.

가정만큼 소중한 공동체가 없는데 가족만큼 대립하는 관계도 없다. 주위 부모님들과 친척 관계를 보면 감정의 골이 깊어 되돌릴 수 없는 경우가 많다. 가족이고 친척인데 왜 남보다 못한 관계가 되었을까. 다시 가정이 회복되었으면 좋겠다. 내 가족뿐만 아니라 이 책을 읽는 모든 가정이 회복되었으면 좋겠다.

가정이 지옥이 될지, 천국이 될지는 부모의 선택에 달려 있다. 가정 안에 깊이 엉클어져 있는 실타래를 조금씩 찾아 올라가자. 쉽게 풀리지 않고 복잡했던 삶이 조금씩 조금씩 풀리게 될 것이다.

매번 사랑하려고 하지만 그렇지 못할 때 떠올리는 게 있다. 우리 가정에 초대되었던 지인이 해준 말이다.

"사랑이, 온유가 서로 사랑하며 노는 게 저희 아이들에게도 좋은 본보기가 되어요."

부모는 자녀를 온전히 사랑하고 그 사랑이 자녀를 통해 이웃에게 흘러가길 바란다. 이 작은 사랑이 흐르고 흘러 강물이 되고 바다가 되어 온 세상이 사랑으로 가득 차길 소망한다.

작은 것에 큰 기쁨을 느끼고 삶의 소소한 행복을 나누며 오늘 하루 모든 가정이 행복하길 기도한다.